늘 그렇듯,

가 좋으면

도 좋아

늘 그렇듯, 네가 좋으면 나도 좋아

* 이 책은 작가 특유의 문체와 띄어쓰기를 살렸습니다.

늘 그렇듯, 네가 좋으면 나도 좋아

지은이 김제우, 조유리
펴낸이 임상진
펴낸곳 (주)넥서스

초판 1쇄 발행 2017년 11월 10일
초판 6쇄 발행 2017년 11월 15일

출판신고 1992년 4월 3일 제311-2002-2호
주소 10880 경기도 파주시 지목로 5
전화 (02)330-5500 팩스 (02)330-5555
ISBN 979-11-6165-157-6 03810

가격은 뒤표지에 있습니다.
잘못 만들어진 책은 구입처에서 바꾸어 드립니다.

www.nexusbook.com
넥서스BOOKS는 (주)넥서스의 실용 전문 브랜드입니다.

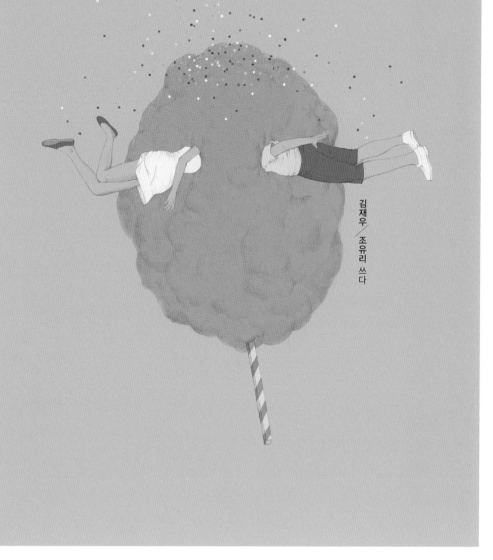

늘 그렇듯, 네가 좋으면 나도 좋아

김재우／조유리 쓰다

넥서스BOOKS

늘 그렇듯…

좋아하는 사람을 만나는 것,

사랑에 빠지는 것,

그리고 결혼해서 평생을 함께 하자고 맹세하는 것,

그래서 하나가 되는 것.

결혼은 결국 행복해지기 위해서, 나의 행복과 상대의 행복이 더해져 배가
되기 위해 한다고 생각해요. 이 글을 읽은 신랑은 제게 이상적인 글만 나열
했다며 핀잔을 줬지만, 아니요. 결혼은 행복해지려고 하는 게 맞아요. 결혼할
때는 이 사람을 마지막까지 사랑할 수 있기를 소망하며, 내 사람이 나를 한
결같이 소중하게 여겨 주기를 바라죠.

저 또한 행복한 신부였어요. 살다 보면 여러 가지 일들로 처음의 마음을
잊어요. 쉴 새 없이 바뀌는 감정들, 힘들고 지쳐 순위 저 밖으로 밀려 버리는
그 마음, 서로 맹세했던 사랑은 어디로 간 걸까요?

처음 함께 보내는 1년은 서로의 다름을 인정하기가 힘들었어요. 30여 년간 제멋대로 살던 우리는 새로운 사람을 받아들이고, 마음속에 온전히 뿌리 내리게 하기까지 수많은 아픔을 겪었어요.

그래도 끊임없이 서로에 대해 지속해서 관찰하며 그 사람이 좋아하는 말과 행동, 싫어하는 것을 알아 갔습니다. 오롯이 둘만의 시간을 통해 몸으로 겪으면서 서로를 배워 갔어요. 수많은 말과 마음을 교환했어요. 서로에게 진정한 배우자가 되기 위해 다툼도 많았죠. 피할 수 없는 과정이었어요. 앞으로 평생을 함께 하기로 약속한 순간, 대화를 포기하지 말자고 다짐했거든요.

저는 신랑과 함께 하기 때문에 많은 것을 참고 포기해야 한다고 생각했어요. 내가 당신을 이만큼이나 사랑해서 가능하다고 말하고 싶었죠. 그렇지만 사랑은 누구도, 누구의 사랑이 더 크다고 말할 수 없는 거였어요.

서로 사랑의 형태와 방향이 다를 뿐 모두가 같은 마음인데… 저도 신랑도 서로를 사랑하고 있었어요. 각자의 방식으로 말이죠. 같은 공간에서 눈을 감고, 깨어난 지 5년이 되어 가요. 이보다 더 오랜 기간을 함께 한 부부에게는 짧은 시간이겠지만, 저에게는 인생의 가장 빛나는 순간이었어요.

아직도 신랑을 이해할 수 없는 부분이 많아요. 제가 좋아하는 부분도, 싫어하는 부분도 계속 생겨나겠죠. 그래서 끊임없이 그를 지켜보면서 나만의 사랑 방식을 따르려고 해요.

사랑하는 사람이 글을 씁니다. 그는 나 같은 사람들이 보지 못하는 것을 봅니다. 삐딱하지만 색다르게 삶과 세상을 보면서, 하루에 5분, 10분, 길게는 3일도 고민하며 그의 생각을 작은 핸드폰 안에 넣었어요. 그런 그가 제게 함께 글을 써 보자고 이야기했죠. 부족하지만 함께 작가가 되어 보지 않겠냐고 물어보았어요.

사실 어릴 적 꿈은 글을 쓰는 사람이었습니다. 수많은 작가의 혼과 열정을 담은 글이 제게 감동을 주고 꿈꾸게 했습니다. 그렇게 작가는 자신의 조각을 나누어 주는 존재라고 생각했습니다. 글의 조각들을 독자들에게 나누어줌으로써

품은 생각, 그리고 자신을 퍼뜨리며 오랜 시간을 살아가는 사람들이라고 느꼈습니다.

'그런 중요한 일을 내가 할 수 있을까?'

'이미 신랑의 글은 많은 사람에게 사랑받고 있는데, 내가 잘못하고 있는 건 아닐까?'

고민을 많이 했습니다. 그래도 제가 그런 신랑의 가장 가까이에서 사랑하는 방법을 배운 수제자 아니겠습니까. 용기를 가지고 그의 글동무가 되기로 마음 먹었습니다.

이 책을 통해 사랑을 기다리는 사람들, 오랜 시간을 공유한 연인들, 결혼을 맹세한 커플들에게, '이게 바로 사랑이다'가 아닌, '이런 사랑의 모습도 있다'는 것을 알려드리고 싶습니다. 사랑이라는 삶의 가장 중요한 주제를 가지고, 아직은 미숙하고 현재 진행형인 한 부부가 사랑의 조각을 많은 분께 전해드리고 싶어 펜을 들었습니다.

함께 한 시간, 그리고 앞으로 걸어갈 시간이 녹아 있는 우리의 글이 많은 분께 사랑받기를, 그리고 독자들의 마음속으로 들어가기를 바랍니다.

그래서 당신의 소중한 마음 또한 누군가에게 마지막 퍼즐 조각이 되어 '딸깍' 하고 맞춰지기를 기대합니다. 유리

제 아내의 꿈은 글을 쓰는 작가입니다.
이 책은 아내의 꿈을 이루기 위해
제가 할 수 있는 전부입니다.
그게 이 책을 쓰게 된 이유입니다.

안타깝게도 저희는 아직 아이가 없습니다. 다른 부부들과 마찬가지로 현실에 정면돌파
하면서 치열하게 살았더니 이렇게 되었네요. 그래도 많은 Follower 분들께서 만들어
주신 소중한 책이라서 책의 인세 전액을 굿네이버스를 통해 아픈 아이들을 위해 사용하
기로 서로 약속했습니다. 부디 아이들이 건강해져서 언젠가 저희 곁으로 찾아올 천사의
좋은 친구가 되어 줬으면 합니다.

#6

찬란하고 노오란 카레 로드

#7

늘 곁에 있어 줘서 고마워요

#1

내 곁에 와 줘서 고마워요

01

제가 아내를 처음 만난 곳은 남아프리카공화국이었어요.
우리나라 날씨와는 반대라… 여름에도 겨울 날씨같이
쌀쌀했는데 핑크색 목도리를 한 아내가 너무 귀엽기도 하고
준비성에 놀라기도 해서 한눈에 반했어요. 근데 오늘 그게
핑크색 추리닝 바지였다는 걸 알았어요…

#장롱에서#추억의목도리를#발견했지만#갑자기#목도리가
#반으로갈라지기#시작했다#그게바로#목도리닝의길
2016년 8월 12일

:

분명 난 첫눈에 반했을 거야

JAEWOO

이젠 정말 운명을 믿게 되었어…
우린 꼭 만날 운명이었고, 그땐 네가 지나가던
'똥강아지'를 목에 두르고 있었다고 해도,
난 첫눈에 반했을 거야…

YURI

결혼할 사람은 첫눈에 알아본다고 하잖아요?
저는 첫 데이트 때 오빠와 대화를 하다가
한 시간도 지나지 않아서
'아, 이 사람과 결혼하면 행복하겠구나'라는
생각이 들었어요.

'이 사람하고 꼭 결혼해야지' 하는
생각이 든 건 아니지만,
뭔가 처음 느껴 보는 이상한 느낌이
사르르 목덜미를 타고 사라졌어요.

#첫눈에#내사람

02

네가 미니 썼으면 난 미키라도 씌워 줘야 하지 않냐…?
2016년 12월 17일

:

말할 수 없는 비밀

JAEWOO

"난 생각하는 것도 생긴 것도
투박한 곰 같은 남자가 좋아요.
이상형을 만난 나는 참 행복한 여자야."라고 했던
아내의 말에 내심 기분이 좋았어요.

#사실은#나도그래

YURI

오빠의 인스타 아이디인 'KUMAJAEWOO'의 'KUMA'는
남아프리카공화국에 가기 전, 인터넷에서 본
재미있는 만화 속 캐릭터의 이름입니다.
고양이인 냥미를 쫓아다니는 곰, '쿠마키치'라는
아이인데요, 짝사랑하는 냥미의 물건을 몰래 가져가거나,
멀리서 훔쳐보는 곰인데요, 귀여운 변태입니다. ^^

그런데 남아프리카공화국에서
오빠가 저 멀리서 티 나게 계속 저를 바라보고,
돌아보면 눈이 자꾸 마주쳐서 같이 간 친구들이 오빠가
그 곰이랑 닮았다고 했어요. 그래서 순간 오빠가 그 곰과
닮아 보여서 쿠마라고 부르겠다고 했더니, 변태 곰인
줄은 모르고 매우 흡족해했어요.
결국은 ID까지 'KUMAJAEWOO'네요.

이제라도 이야기해 줘야 할까요?

#오빠#KUMA는사실#귀여운#변태곰이에요…

03

하루에 몇 번씩 아내를 안 만났으면 큰일 날 뻔했겠다는
생각이 든다. 아무것도 아닌 나를 듬직한 남자로 만들어 준
이 사람에게 '감사한다'라고… 쓰라고 했다.
#비글아내#덕후아내#고집쟁이#화나면#무서움#럽스타
그램#이라해두자
2015년 5월 2일

주근깨가 생겨도 괜찮아

JAEWOO

혹시 너 목에 두른 게 스카프가 아니라
'선캡'을 목 뒤로 꽂은 걸 사람들이 알게 된다 해도
이 사진을 아름답다고 생각해 줬음 좋겠어…

#주근깨가생겨도#괜찮아

YURI

배우자가 평범한 사람이 아니라
나도 함께 특별해지고 싶다고 생각한 적은 없어요.
예전과 같이 나는 나, 아내, 회사원, 딸, 동생이에요.
20대의 전부를 개그와 방송 생활로 보내온 신랑에게
평범한 나를 끼워 맞췄더니
그 또한 배우자, 직업이 엔터테이너인 사람,
막내아들, 남동생이 되었어요.
그가 어떤 사람이든 간에,
나에게는 오빠곰,
밥 많이 먹는 투덜이,
흥 넘치는 댄싱머신
그리고 사랑하는 사람…

#너와함께하는날이#가장좋은날이야#그래서오늘이가장좋은날이야#
알렉산더밀른#푸우

04

아이 씨… 맨날 지만 좋은 거 하고. 나 손이 커서 창피하단 말이야…

#가방#세개맨줄#그게바로#가방만한#주먹의길

2017년 2월 11일

:

하루하루가 소중해

JAEWOO

무조건
딸은 널 닮는 거로 하자…

#나의#간절한바람

YURI

고등학생 때부터 남자 친구가 생기면 함께 하고 싶은
일을 써 내려 간 비밀 노트가 있는데, 한창 감성이 폭발할
나이라 유치한 것들도 꽤 많았답니다.

별똥별 보러 가기, 내가 운전하는 자전거 뒤에 남자 친구
태워 보기, 1인 레스토랑을 만들어 남자 친구에게 코스
요리 만들어 주기, 내 코디대로 입혀 보기, 메이크업해
주기, 핼러윈 파티 가 보기, 국회도서관 벚꽃놀이 가기,
옥상에서 이벤트해 주기(오마나…), 피아노 치면서
노래해 주기, 같이 술 마시기, 오리배 타기, 프라하에
가기, 남산 야경을 보면서 어묵 사 먹기, 남자 친구에게
운전 배우기, 조건 없는 사랑 주기…

16살의 모태 솔로였던 나는,
미래의 남자 친구와 하고 싶은 게 너무 많았어요.

오빠랑 결혼한 지금,
비밀 노트에 쓴 것 중 이룬 것도 많고 현재 진행형인
것도 있지만, 사랑하는 사람과의 데이트에서 상상력은
중요하다고 생각했죠. 함께 하고 싶은 것을 상상하고
같이 하고, 상상력이 넘치는 커플은 지루하지 않잖아요.
권태기도 없고. 이제는 30~40대에 오빠와 하고 싶은
일을 쓰는 비밀 노트를 하나 더 만들려고 합니다.

#긴여행을끝까지#함께할사람

05

아이 씨… 또 맨날 지만 좋은 거 하구…
2016년 12월 17일

:

너와 함께라면 두렵지 않아

YURI

존경하는 언니가 있어요.
그 언니는 자기 인생을 통틀어 신혼이 가장 행복했대요.
데이트를 하고 같은 집으로 들어가는 그 순간이
너무나도 좋았다고 해요.
삶이 힘들 때 함께 떠올릴 수 있는 기억을 이때 많이
만들라고, 짧은 신혼 기간 짝꿍과 재미있는 추억을 쌓아
잊지 못할 한 해 한 해를 배우자에게 선물하라고…
훗날, 삶에 위기가 닥칠 때
그때의 추억이 서로에게 버팀목이 된대요.

오빠,
선물 같은 하루하루를 행복한 추억으로 만들어요.

#행복한추억#나만너무좋은거했나?#은근히잘어울려

JAEWOO

일만 하느라 20대 전체를 '통편집'당해 버린 난,
진짜 여행이 뭔지도 몰랐어.

그렇게 널 만났고
"이제부터 오빠를 데리고 전 세계를 여행할 거예요!"라는
너의 말에 피식 하고 속으로 비웃었지만,
그렇게 서른다섯 아저씨의 여행은
시작되었고 낯선 곳이 너무 무서웠어.

이제는 이 세상 어디를 가도 아무것도 두렵지 않아.

#너빼곤…

06

아내를 두 달 정도 매일 따라다니다 사귀기 시작한 게 6년 전 이맘때예요. 둘이 타도 비좁은 차에 아내가 옆에 앉아 있으면 전 너무 떨려서 아내 쪽으로 고개를 돌려 얘기도 못 했어요. 긴장하면 입 냄새 나잖아요…

#짝사랑의#긴장감은#가그린을#이긴다#그게바로#남자의길
2016년 8월 18일

:

여전히 예쁜 너

JAEWOO

아주 가끔 엄청나게 성공한 미래의 내 모습을
생각하는데,
거기엔 좋은 차도 멋진 집도 비싼 옷도 없어.

그냥 예쁘게 나이 먹은 너와…
늘 심술궂게 웃고 있는 나랑,
그리고 여전히 잡고 있는 손.

YURI

서로 사귀자는 말은 하지 않았지만 자연스럽게 손 잡고,
시간이 날 때마다 만나고, 힘든 일 좋은 일을 나누다 보니
사랑하게 되었어요.

미래에는 분명 우리는 지금처럼 맛집을 찾아 헤매고,
서로 등을 긁어 주고, 마사지해 달라고 어깨를 맡기겠죠.
함께 나이 드는 게 기대돼요.
앞으로 어떠한 추억이 쌓일지 궁금하거든요.

07

연리지
2016년 12월 17일

:

나란히 걷는 발, 꼭 잡은 손

JAEWOO

뿌리가 다른 두 나무가 하나로 합쳐진 '연리지'예요.
누가 먼저 작업을 걸었는지 알 수는 없지만
서로 그늘을 만들어 주고 바람을 버텨 주며
수백 년을 지켜 온 걸 보면
"이 집 여자도 장난 아니구나…" 하는 생각이 들어요.

#연리지#유리#재우

YURI

종종 우리의 노년을 상상해 보곤 해요.
호호백발의 할머니가 되어서도 우리는 함께 산책할 거예요.
봄밤에는 벚꽃이 지는 윤중로에 가요.
나는 좋아하지만 오빠는 기겁하는
순대와 번데기를 사서 나 혼자 다 먹고…

여름에는 뜨거운 바닷가에서 튜브를 빌려요.
그 후진 걸 이만 원이나 줬냐고 구박하겠죠.
오빠는 파라솔에 앉아 팥빙수를 먹으면서…

가을에는 단풍이 물든 산에 올라 산책 나온 반려견을 보며,
할아버지가 된 오빠는 아직도 개를 키우고 싶다고 조르고
나는 단호하게 "안 돼! 차라리 나를 키워." 하겠죠.

겨울에는 설산에 올라요. 새하얀 눈으로 뒤덮여 아무
소리도 들리지 않는 산속에서 "세상이 끝난 거 같아."
"응, 세상에 단둘밖에 없는 것 같아."
이런 바보 같은 농담도 나누고…

길이 끝날 때까지 산책하는 거예요. 손을 꼭 잡고.

#니가100살까지산다면난100살에서하루만덜살고싶어.너없이하루도
살수없으니까.#애니메이션영화#스펀지밥

08

비가 오는 날은 사귄 지 얼마 안 된 커플이 손 잡기 참 좋은
날이에요. 저도 아내랑 연애를 막 시작할 때 비가 오는 날
처음 손을 '쓱~'내밀었는데 아내는 제 손을 음식물쓰레기
봉투 잡듯이 잡았어요…
#엄지와#검지끝으로만#잡는것#그게바로#음식물쓰레기봉투의길
2016년 8월 2일

:

손 잡기 참 좋은 날이야

JAEWOO

살면서 너무도 행복한 순간은
머릿속에 마치 사진처럼 '찰칵'하고 찍힌다.
그리고 그 사진은 절대로 잊히지 않고
누구도 훔쳐갈 수 없다.
'음식물쓰레기'를 잡은 듯한 손…
그 손이 나에겐
가장 행복한 추억으로 사진처럼 찍혔다.

#처음손을잡는날

YURI

재고, 따지고, 나보다 조금이라도 나은,
더 좋은 사람을 만나기 위해 발버둥치던 때가 있었어요.
상대방에게 마음을 주지도 않고,
사랑받고만 싶었던 욕심쟁이였어요.
오빠는 그런 이기적인 나를 위해서
연애학 강의를 해 줬어요.
진짜 연애가 무엇인지,
사랑하는 사람에게 무엇을 해 줘야 하고,
무엇을 진정으로 바라야 하는지.
만날 때마다 메마른 씨앗에 물을 주듯이
아낌없이 감정의 비를 내려 주었어요.

세상에서 가장 존경할 수 있는
연애학 선생님을 남자 친구로
만나게 되었어요.

#졸업#꽃이피다

09

길에서 셀카봉을 하나 주웠어요. 아내와 저는 주인을 찾아
주기 전에 주운 자리에서 미친 듯이 사진을 찍고 가질까
말까 한참을 회의하다 결국 근처 커피숍 직원 분께 셀카봉을
맡기며 아쉽게 발걸음을 돌렸어요…
카멜리아힐에서 핑크색 셀카봉 잃어버리신 분 커피숍에서
찾아가세요. 나도 오늘 셀카봉 살 거예요. 파란색으로…
#아내가#갖자고했음
2017년 9월 23일

⋮

사랑에 빠지다

JAEWOO

행복한 순간이 마치 사진처럼 '찰칵' 하고 찍히는데
그때의 모든 것이 기억에 고스란히 담긴다.
날씨, 바람, 냄새, 기분,
그때의 나를 보고 있는 너의 얼굴, 목소리, 작은 손…
그때의 나는 온데간데없어.
그 순간이 나의 전부가 돼 버려.

YURI

사람은 좋아하는 것에는
그것이 동물이든, 절판된 책이든,
시간과 정성을 들여요.
그렇게 하면 그것을 소유할 수 있거든요.
사랑하는 사람에게는 기꺼이 자신까지도 주려고 하죠.
소유할 수 없다는 걸 알면서도요.

그 순간에 뭐든지 할 수 있을 것 같아요.
무엇이든 될 수 있을 것 같아요.

#사랑에#빠지다

10

제 꼬붕인데요. 하루 집을 비웠더니 서울역까지 저를 데리러
나왔어요. 한 가지 확실한 건 얘는 저를 진짜 좋아해요. 꼬붕!
얼른 가자. 너 주려고 맛있는 거 많이 싸 왔어.

#광주#담양#여행종료
2016년 12월 28일

:

네 생각이 났어

JAEWOO

남자란 동물은 생각하는 것보다 훨씬 더 단순해.
맛있는 음식을 먹을 때 "네 생각이 났어."라고 한다면
그건, 널 아주 많이 좋아하는 거야.

#여행하는내내#네생각이났어

YURI

내가 좋아하는 사람이,
나를 좋아할 확률은 기적에 가깝다고 생각했어요.
무엇을 주어도 아깝지 않을 사람이,
나를 위해 스스로를 내어 줄 확률도
제로에 가깝다고 생각했죠.
그런데, 내 앞에 기적처럼 한 사람이 나타났고
내 인생에 스며들어 왔어요.

나도 그런 사람이 되고 싶어요.
당신의 인생에 기적이 되고 싶어요.

#이제무거운짐은#나와함께나눠요

11

#그게바로#대형견의길
photo by @_taehyun
2016년 10월 16일

:

너만 보면 웃음이 나

JAEWOO

아내의 이상형은 곰 같은 시골남자.
생각도 외모도 투박한 사람.
결혼 전 아내는 늘 나를 '곰'이라고 불렀고,
결혼 후 나는 자연스럽게 '대형견'이 되었다.

#그게바로#쉐퍼트의길

YURI

처음에는 호기심이었고,
다음에는 감사함이었고,
그 다음에는 내가 더 오빠를 좋아하게 되었어요.

우리가 함께한 지 벌써 8년.
시간이 많이 흘러 감정이 식어 가는 게 아니라,
시간의 깊이만큼 사랑의 모습이 다른 형태로 바뀌었죠.

밥은 잘 먹고 다니는지, 어디 아픈 데는 없는지,
사람들한테 치이지는 않는지,
어디서 고생하고 있지는 않은지…

어제보다 오늘,
오늘보다 내일
당신이 더 좋아지는 것 같아요.

#오빠는변했어#더좋은방향으로

12

간만에 둘 다 잘 나왔네.
2015년 11월 21일

:

바로 너, 네가 있으니까

JAEWOO

아주 가끔이라도 네가 울면,
난 화를 내다가도 너에게 뛰어가서 꼭 끌어안으며
"내가 무조건 잘못했어."라고 하는 이유…
그건, 네가 울음을 그치면 아주 괴팍해져서야…

#그게다야…

YURI

개그맨 남편과 8년을 함께 하다 보니,
오빠보다 더 독한 개그를 치게 됩니다.
내가 심한 개그를 하면 오빠는 눈물 콧물 흘리면서
돼지 웃음 소리를 내며 웃곤 해요.
그 모습에 자신감을 얻어 자꾸 개그가 세져요…
우리, 이렇게 조금씩 서로를 닮아가겠죠.

#이러면안되는데…

13

생일 맞은 우리 아내.
길에서 꽃 한 송이 주어다 줌… 좋아함…
#아내#생일빵#안되겠니?…
2015년 10월 20일

:

꽃이 좋다, 네가 좋다

JAEWOO

주먹밥 버거를 포장하다 가게 앞 꽃이 너무 예뻐서
사장님께 꽃 한 송이를 얻어 주머니에 넣고 다녔다.
주머니 안에 꽃이 있는 몇 시간 동안 오그라들게도
머릿속에 아내의 생각이 났다.
집에 돌아와 아내에게 꽃을 꺼내 줄 때는
주머니를 잘못 찾아 담당 PD님의 명함을 전해 줬다.

#그때#너의표정

YURI

꽃이 참 좋아요.
비가 오면 짙은 색과 향기를 뿜어내는 수국을 좋아하는데
오빠는 출장을 갈 때마다
작고 이름 모를 들꽃을 찍어 보내곤,

"너와 닮았어."라고 했어요.

엄지손톱만한 크기에 가운데가 노란, 작고 하얀 잎의 꽃.
평범하고 수수한 나를 닮았나 싶어
내심 서운했는데 자꾸 보니 정이 드네요.

#계란꽃이라고해요

14

완벽한 내 편이 있다는 건… 천하무적 남자를 만드는 것.
2015년 8월 15일

:

가장 행복한 우리의 시간

JAEWOO

남자는
꼭 지켜야 하는 사람이 생기기 전까지는
스스로가 얼마나 강한 사람인지 잘 몰라.
그래서 남자 친구는 남편보다 약하고
남편은 아버지보다 약하다고들 하나 봐.

#그럼#할아버지는#얼마나강한거지?

YURI

토요일 아침이 참 좋아요.
직장인인 내가 일주일 중 유일하게 오빠와 함께
일어날 수 있는 아침이거든요.
잠이 덜 깨어 비몽사몽한 상태로 꼭 붙어서 안고 있으면
세상 최고로 행복해요.

#일주일중#가장행복한요일

15

사진을 찍으며 아내가 제발 5초만 가만있으라고 했어요.
그거 대부분 더럽게 말 안 듣는 꼬맹이나 강아지한테 하는 말
아닌가요? 그러면서 제 손가락을 꺾는 것도 잊지 않았어요…

#5초만#버틴다#그게바로#한시간반#혼난#남자의길
2016년 8월 6일

:

사랑한다면, 사랑한다고 말하세요

JAEWOO

"앞 모습도 아닌데 배를 왜 집어넣어?"라고 물었을 때
날 바라보던 너의 눈을 기억해…
그리고 그날의 손가락 꺾임도…

#들숨날숨#쪼그만배#귀여워

YURI

연애는 어렵고 복잡하다고,
그게 어른의 사랑이라고 생각했어요.
마음이 이끄는 대로 내 감정에 솔직하기보다는
진심을 감추고
상대방에게 쿨하고 매력적으로 보여야 한다고.
그래서 연애를 할 때도 내 사랑만이 중요했고,
상대방의 사랑은 안중에도 없었어요.
그래서 외롭고 괴로웠죠.
어릴 때 그냥 좋았던,
마냥 좋아서 티 내도 부끄럽지 않았던,
풋풋한 연애가 제일 행복했는데
어른이 되어서는 그게 쉽지 않았어요.
그런데, 그 어린 날의 나를 찾아내어
사랑해 주는 사람이 나타났죠.
덕분에 나이가 들어서도 그런
어린아이 같은 사랑을 하게 됐어요.
지금도 오빠와 함께 하면서 단 하루도
행복하지 않은 적이 없답니다.
서로 의견이 맞지 않아 다툴 때는 괴롭지만,
더는 외롭지 않아요.
오빠가 있어서 나는 외롭지 않은 어른이 되었답니다.

#항상생각해#내게와줘서#고맙다고

16

결혼 2년 만에 혼인신고를 했다… 아내가 가장 좋아하는
수국이 한 다발 들어있는 꽃을 사서 재롱도 부렸다. 지금은
사랑하는 마음만 부자지만 … 나중에 진짜 부자가 돼서
당신의 재롱을 받길 소망한다…
2015년 10월 14일

:

서로의 첫 번째

JAEWOO

10월 14일은 혼인신고 날이기도 하지만,
제 생일이기도 해요.
이제 결혼 5년차…
책을 준비하면서 아내와 말다툼이 있었어요.
오랜만에 아내에게 큰소리를 친 다음
아내를 집안으로 몰아낸 뒤…

현재전#베란다를#차지하고있습니다…

YURI

결혼 전, 서로에게 꼭 지켜 줬으면 하는 것을 하나씩
말하기로 했답니다.
'다른 건 몰라도 이것만은 절대적으로 지키자'고
정한 규칙 같은 거죠.
저는 딱히 생각 나는 게 없어서 고민하다 말했어요.
"가족을 1번으로 생각하기!"
오빠는 비장한 얼굴로 자기도 같다고 말했죠.
"결혼 전에도 후에도 나에게 1번은 너야.
그렇지만 너도 나를 1번으로 생각해 줘야 해!"
오빠 말이 잘 이해되지 않아 물었어요.
"결혼하면 우리는 가족이에요. 그럼 양가 부모님과
오빠를 비롯한 우리 가족을 1번으로 생각할 거예요."
그랬더니 "유리야, 서로의 부모님도 소중하지만 어떠한
상황이 와도 서로를 가장 우선으로 생각하자."
그제서야 오빠의 마음을 알 것 같았어요.
나는 너무나도 사랑하고 소중한 부모님께 내 각오를
말씀드렸고 두 분은 저희 둘만 건강하고 행복하면 된다고
말씀해 주셨습니다.
오빠, 앞으로 우리에게 아이가 태어나고 나이가 들어가면
상황이 어떻게 바뀔지 모르지만, 서로를 진심으로
아껴주려고 했던 그 맘, 늘 간직해요.

#사랑은#약속이에요

17

늘 그렇듯
모든 바보 뒤에는
위대한 여자가 있다.

이유도 없이 아내가 사진을 마구 찍어 대기 시작했어요.
도대체 아내는 무슨 말이 하고 싶을까요…?

:

사랑할 수밖에 없는 사람

JAEWOO

"늘 그렇듯, 모든 바보 뒤에는 위대한 여자가 있다."
그리고 그 '위대한 여자' 뒤에는
음식을 잘하는 장모님이 있다…

#신의한수

YURI

결혼할 상대에게 바라는 점이 딱 하나 있었죠.
단 하나, 가정적인 사람.
그 바람이 이루어졌어요.
가족을 최우선으로 하고,
자기 사람만을 사랑해 주는
우직하고 솔직한, 나와 결혼한 이 남자.
자랑을 너무 많이 하면
남이 시샘해서 채갈 수도 있으니
여기까지만 할게요.

#사랑스러운사람#사랑할수밖에없는사람

18

3,500원으로 차린 세상에서 가장 행복한 저녁
2017년 3월 2일

:

저녁 있는 삶

JAEWOO

오늘은 저녁으로
아내가 좋아하는 순대를 샀어요.
차에서 오는 내내 순대 봉투를 몇 번씩
열어 보는 아내의 모습이 너무나 귀여웠어요.
3,500원에 세상에서 가장 행복한 저녁이에요.

#네가좋으면#나도좋다#근데#난안주니?

YURI

내가 일어나면 당신은 한밤중.
내가 잠들면 당신은 잠이 안 와서 서성이는
뒤바뀐 둘의 하루.
그래서 함께할 수 있는 저녁 식사 시간이
더 소중한지도 몰라요.

#내가좋아하는사람과#내가좋아하는순대

19

연애 때 아내와 걷던 길을 다시 찾아가 걷다 보니 아내도 8년 전 꼬맹이로 보였어요. 문이 고장 난 화장실에 들어간 아내를 위해 그 앞에서 지키고 서 있던 기억이 났어요. 그때 '창문으로 도망갔나?'라는 생각이 들 정도로 늦게 나왔는데…

#5분안에#안나오면#똥으로간주한다#그게바로#남자의길
우산 위치를 얘기 하는 분들이 계셔서… 사진 찍을 때 아내 얼굴이 어둡게 나와서 잠깐 넘긴 거예요*^^*
2017년 7월 1일

:

내가 너의 우산이 되어 줄게

YURI

화장실에 갈 때마다 너무 늦게 나온다고 구박하는데,
공중 화장실에서는 변기 커버에 살짝 휴지를 깔고,
투명 의자로 볼일을 보고 휴지를 휴지통에 잘 버린
다음에, 손을 닦고 립스틱을 바르고 나오려면
어쩔 수가 없다고요…

#오빠에게는#늘#화사한얼굴을#보이고파

JAEWOO

사진을 찍을 때마다 수줍은 아이처럼
제 뒤에 숨는 이유는 단 하나,
얼굴이 작게 나오기 위해서예요…
다른 이유는 없고요…

20

이름이 같아서 분리수거 한 번 해 준다… 다음부터는 길에
널브러져 있지 마라… 나 하나로 족하니까…

#재우#숙주나물#도와주기#그게바로#남자의길

2016년 6월 10일

:

당신은 나의 친구이자 전우

JAEWOO

숙주나물아…
이번엔 도와주지만, 다음에 식당에서 만날 땐
우린 적이야…
난 먹을 땐 무자비하거든…

YURI

오빠의 첫인상 키워드는.
'상남자', '의리', '운동선수'
결혼 전엔 상남자, 결혼 후엔 연하남이 되었지만…

만난 지 2년쯤 된 어느 날,
오빠는 "결혼하면 서로에게 꼭 의리 지켜야 해."라고
말해서 정말 화를 냈어요.
내가 무슨 남동생이나 친구도 아닌데
남녀 사이에 무슨 의리 같은 소리냐며
화를 내고 집으로 돌아왔어요.

결혼한 지금,
문득 그때의 의리에 대해 생각합니다.
함께한 지 8년이 지났는데 아직도 전화를 자주 하는 것,
내가 하고 싶은 것이라면 불평하면서도 해 주는 것,
다른 일보다도 나를 먼저 생각해 주는 것,
이 모든 것이 그가 생각하는 '의리'더라고요.

#의리#정이라는#이름을가진#사랑의모습

21

옛날 사진 발견. 아내가 싫어하는 사진이지만 지금은
잠들었으니 한 장 올려요. "난 너도 좋지만 좋은 추억을 많이
만들어 준 이 달동네가 참 좋아~ 우리 조금만 더 힘내재!"
2016년 11월 16일

:

미소가 닮아간다

JAEWOO

좋아하는 사람이 내 옷을 주섬주섬
골라 입는 모습을 보면 기분이 참 묘해져…
같이 살아가는 만큼 표정도 많이 닮아가.
여자 버전의 '김재우'가 서 있는 것 같거든.
혹여 내 나쁜 표정까지 닮아버릴까 봐
널 보면 습관적으로 웃게 돼.

#미소가#닮아간다#유리가#나처럼웃는다#큰일이다…

YURI

'戀愛(연애)'라는 한자에는
마음 심 자가 두 번이 들어가요.
서로 사랑하는 두 사람이 마음을 나누는
친밀한 관계라는 의미가 있답니다.

내가 연애학 관련 수업을 듣는다면
'F'를 받을지도 모르겠어요.
둔하고 무덤덤하거든요.
연애가 귀찮고 어려워서 포기도 많이 했어요.
그런데 내 앞에 세상에서 제일 훌륭한
연애학 선생님이 나타났어요.
일대일 개인 교습도 해 주고,
주 3회 집중 수업을 들었더니 이제는 우등생이 되었죠.
이 수업에서 가장 중요한 포인트는
서로 마음을 나누는 방법이었어요.

진심을 나누었더니 마음의 모양이 같아졌어요.

#웃는얼굴도#호탕한#웃음소리도#닮아가네요#이건좀…

22

제 오랜친구 사유리예요. 전 연예인 친구가 거의 없는 편이에요.
그런데 이 녀석과는 희한하게 마음을 얘기할 수 있는 친구가
되었어요. 제가 결혼할 때 이 녀석은 제 결혼식 축가로
'호랑나비'를 불러 주었어요… 그 뒤로는 많이 멀어졌어요…
#네가결혼할땐#오필승코리아를#불러줄게#그게바로
#남자의길#내일보자
2016년 8월 8일

:

내 친구, 사유리

JAEWOO

"남녀 사이는 친구가 될 수 없어…"라고
말하는 사람은 그 상대방에 대한 어느 정도의 여지를
가지고 있기 때문이다.
난 이 친구를 처음 본 날부터 먼지만큼의 여지도
생각하지 않았다. 자기 배를 주무르며 트림을 시원하게
하던 처음 만난 그날부터…

YURI

사랑스럽고, 본받을 만한 언니.
모든 부분이 빠짐없이 예쁜 언니는
재우 오빠와 연애 상담도 하고, 저도 아껴 주어요.
결혼식 축가로 불러 주신 호랑나비에
드레스를 입고도 신나게 춤을 췄어요.
주례 선생님도 양가 부모님도 신랑, 신부도
춤추게 만든 흥이 넘치는 축가 덕분에
호랑나비가 꽃밭에 앉았어요.

#파리지옥이었나#매력에서#헤어나올수가없네

23

신발에 붙어 있던 비에 젖은 낙엽을 떼어 내며 "아이고 ∼착!
하고 들러 붙어서 참 안 떨어진다… 그치?"라고 하자, 아내가
"이제 내 맘 알겠지?"라고 했어요…

#넌#나한테#오지게#걸렸어#그게바로#젖은낙엽의길
2016년 10월 2일

⋮

오빠의 껍딱지

JAEWOO

혼자 우산을 써도
우산이 네가 있는 자리로 기우는 걸 보면
어디를 가도 짝궁이 있는 사람인 줄 다 티 나겠다!

YURI

〈코드블루〉라는 드라마에서 본,
힘든 일을 겪은 주인공의 독백이 생각나요.

"마음의 상처를 치유하는 간단한 방법은 없다.
하지만 상처는 꼭 필요하다.
마음에 상처를 입어 보는 것만으로도
다른 사람의 아픔을 이해할 수 있을 테니까."

마음의 상처가 하나도 없는 사람은 아마 없을 거예요.
지금까지 내가 창피하고 상처받은 모습을 보여도,
같이 울어주고 보듬어 줄 수 있는 사람을 찾아서
헤맸던 게 아닐까요…
그리고 나는 상처가 많은,
힘든 일을 겪은 사람을 사랑하게 되어
마음의 키가 부쩍 자라난 것 같아요.

#반대로#내가#젖은낙엽일지도…

24

결혼 3주년, 너와 함께한 조촐한 저녁 식사.
늘 그렇듯, 네가 좋으면 나도 좋은 거지 뭐.
#결혼기념일#비글아내#3주년#삼겹살데이#이런날결혼을…
2016년 3월 3일

:

좋은 사람이 되어 줄게요

YURI

오빠와 결혼을 몇 달 앞둔 2013년 1월,
결혼 기사가 났고 이유 없는 악성 댓글이 쏟아졌어요.
생각조차 못한 무서운 비방글과 인신공격에
'난 이렇게 소심쟁이인데, 사소한 것까지 대중에게
노출되는 직업을 가진 배우자를 감당할 수 있을까?'
며칠 밤 잠을 설쳤고 고민하다 새벽에 오빠에게 전화해서,
너무 무섭고 견디기 힘들 것 같다고 털어놓았어요.
오빠는 내 얘기를 아무 말 없이 듣기만 하다 말했죠.
"나랑 하나만 약속하자. 이 시간 이후로 기사도 댓글도 보지
않는 걸로. 걱정 마. 무슨 일이 있어도 내가 지켜 줄 테니까."
'지켜 준다'는 말이 상투적일 수도 있지만
오빠의 말을 듣는 순간 안심이 되었어요.
목소리만으로도 진심이 느껴졌죠.
오빠의 각오를 듣고 '나도 강해지자, 내가 할 수 있는 모든
방법으로 이 사람을 지켜 주자.' 혼자 맹세했어요. 아마
그날 밤은 평생 잊을 수 없을 거예요. 오빠보다 약하고,
소심하지만 나만의 방법으로 이 사람을 지켜 주자.
오빠가 경제적으로 힘들어지고,
모든 사람이 싫어하게 되어도 내가 더 열심히 일하고,
다른 사람들 몫만큼 더 사랑해 주자.

오빠가 나를 지켜 주는 대형 견이라면
나는 당신을 위한 비글 견이 되어 줄게요.

#악마견이될게

JAEWOO

그렇게 되면 우리 집은 개 두 마리에
고양이 두 마리가 되는데,
너라도 사람으로 남아…

#너라도

#2

사랑하는 우리 가족

25

아버지가 딱 지금 제 나이일 때 제가 세상에 태어났대요.
어릴 때부터 성인이 되기 전까지 아버지 손을 잡고 단 한 번도
놀러 다니지 못했지만, 가족을 지키기 위해 남대문 시장에서
세상과 정면 승부하신 아버지를 전 세상에서 가장 존경해요.
아버지… 저 이렇게 또 한 살 먹었습니다.
2016년 12월 31일

:

사랑하는 나의 아버지

YURI

오빠의 유년 시절…
둘째가라면 서러울 말썽꾸러기에
골목대장이었을 것 같지만,
아버님께서는 한 번도
사랑의 매를 드신 적이 없다고 합니다.
저였다면 열 번도 더 매를 들었을 텐데…

그런 아버님께서도
자식이 옳은 길로 가길 바라는 마음은
여느 부모와 다르지 않으셨겠지요.
어떻게 하면 아이의 자존심이
다치지 않게 훈육할까…

고민 끝에 얻어 낸 아버님의 특별한 훈육 방법은
타이어를 매고 심장이 터질 때까지
운동장을 달리게 하는 것이라고 해요.

#존경하는#아버님#훈육방법#벤치마킹

JAEWOO

차라리 몇 대 때리시지…

26

우리 엄마 원래는 진짜 예쁜데 오늘은 바람이 '살랑'하고 부는
바람에 팀 버튼 내한 사진처럼 나왔어요…
2017년 4월 9일

:

엄마라는 예쁜 이름

JAEWOO

유리의 말투는 장모님을 닮았어요. 장난을 칠 때는
처형을 닮았고요, 웃을 때는 장인어른이 보이네요.

저도 왼쪽 얼굴에는 어머니가 오른쪽 얼굴에는
아버지가 담겨 있는데요, 사진을 찍고 보니 어머니와
아내의 미소가 닮아 있어서,
나도 모르게 기분이 좋아집니다.

#개그감은#누나를닮고#공부가취미인#형은…

YURI

항상 편하고 포근하신 우리 어머님.
매번 제가 제일 좋아하는 마늘이 듬뿍 든 백숙을 해 주셔요.
손이 크셔서 한솥 가득 맛있는 음식을 해 주시는 바람에
시댁에 갈 때마다 기대가 됩니다.
산책하실 때 살짝 따라 나와 팔짱을 끼었더니
따뜻하게 손을 잡아 주시네요.

늘, "신랑이 잘해 주니?"
"뭐 먹고 싶은 거 없어? 엄마가 사줄게~" 하고
물어봐 주시는 어머님께 늘 감사한 마음뿐이에요.

#저는어머님의#요리솜씨를#배우고싶답니다

27

아내가 왔다 갔다 할 때마다 아버지께서는 "와이리 멀미가
나노…"라고 하셨어요.

#시아버지의#시신경을#공격하는것
#그게바로#며느리룩의길#며느리핏 #데일리구정룩
2017년 1월 14일

:

우리의 워너비 커플

JAEWOO

유리야…
시아버지 앞에서 주먹 쥐고 서 있으면 어떡해…

YURI

저는 아버님을 존경해요.
무뚝뚝하신 것처럼 보이지만,
늘 어머님을 챙기시고, 어디든 꼭 함께 가시곤 해요.
어머님은 친구들과 여행도 가고 싶으시고
사우나도 가셔야 해서
"어휴, 귀찮아. 너희 아버지 왜 저리시니?" 하시면서도
안부 전화를 드리면 항상 아버님과 함께 계셔요.

아직도 사랑스럽게 이름을 부르시는
세상에서 '복순이'가 제일 소중한 한 남자.

평생 가족만을 위해 살아오신 우리 아버님.

#전화를드리면#수화기너머로들리는#응~유리야#한마디에#심쿵하
는#며느리입니다

28

저의 독일인 형님 미하엘이에요. 오늘은 미하엘에게
'한복'이라는 한국말을 알려주자 미하엘은 "학크보크!"라고
따라 했어요. 아⋯ 독일인⋯ 정말⋯

#가래#나오겠다#그게바로#학크보크의길
2016년 9월 18일

⋮

가족+가족

JAEWOO

처형의 결혼식을 위해 몇 날 며칠을 준비하던
아내의 축가가,
시작한 지 5초 만에 망가지는 순간…
마음은 아프지만 왜 이리 웃긴 거죠?

#미안해#근데웃겨

YURI

어릴 땐 머리 뜯고 싸우던 애증의 관계,
아침 드라마는 저리 가라인 자매의 유년기.

그런 언니의 결혼식이 얼마 남지 않아
서프라이즈로 축가를 준비했어요.
퇴근 후 신랑과 노래방에서 몇 시간씩 축가를 연습했죠.

결혼식 날 깜짝 등장하여 축하의 말을 전하고,
노래를 시작하는데 첫 소절도 떼지 못하고
눈물샘이 폭발하고 말았어요.

울먹이며 겨우겨우 1절을 끝내고 고개를 들었는데,
언니도 눈물이 그렁그렁한 게 화장이 다 번져 있더라고요.

그 순간 눈물 콧물 다 흘리고 꺼이꺼이 울어버렸답니다.
신랑과 형부는 서로 마주 보며 '뭐야? 쟤네 왜 저래?' 하는
표정으로 웃음을 참고 있었어요.

형제는 죽어도 모르는
자매만의 그런 뭐시기한 게 있답니다.

예식이 끝나고 너 때문에 화장 번졌다며
언니에게 등짝을 맞았어요.

#가족들이지어준별명#푼수유리#이불킥

29

아내와 싸우고 장모님께 다 일렀어요.
2017년 2월 28일

:

가족이 되어 가는 우리

JAEWOO

아내와 싸우고 장모님께 고자질한 사실이 밝혀지자
아내는 저에게 실망했다며
"언니는 참 좋겠다. 형부가 독일인이라 고자질할 일은
없어서…"라며 저를 비꼬았어요.

야! 조유리. 내가 이런 말까지는 하지 않으려고 했는데
독일인 형님 고자질하려고 구글 번역기 돌려…

YURI

처음 독일인 형부와 엄마가 만난 날,
서로 인사만 하고 한마디도 하지 않았대요.
몇 번 만나고 나서야 서로 간단한 영어와 몸짓으로
대화를 나누었다고 해요.

어느 날부터인가 급속도로 친해진 엄마와 형부는
둘이서만 동네 아주머니들 산악회도 가고, 쇼핑도 하더니
그때부터 언니에 대한 험담이 시작되었어요.

형부가 "주연은 다른 사람들과 함께 있으면 천사지만,
둘만 있으면 귀여운 악마예요. 어제도 제게 소리
질렀어요."라고 번역된 글을 보여 주더래요.

그런데 이제 엄마, 신랑, 언니가 모이면 제 흉을 봐요.
고집이 세다는 둥. 제 하고 싶은 대로만 한다는 둥,
자꾸 일을 시킨다는 둥… 하면서 소곤대는데
다 들리네요.

형부도 끼고 싶은 눈치인데
다행히 아직은 한국어 실력이 그 정도는 아니에요.

#집안독재자#유틀러

_30_

장모님과 장인 어른이 보고 계실 땐 늘 이런 식으로
혼나요."장모님, 이리 오셔서 뭐라고 하는지 한번 들어
보세요.유리가 심한 말도 하고 등도 꼬집었어요."
2017년 2월 12일

:

아내가 내복을 샀어요

JAEWOO

겨울에 얇은 옷을 입은 날엔…
자존심 때문에 절대로 춥다는 말을 안 하고,
기침도 삼켜버리는데요.
이날은… 너무 추웠어요.

#혹한기훈련#유리교관

YURI

코가 떨어져 나갈 만큼 추운 날
완전 무장을 하고 광양에 가는데,
신랑은 스타일만큼은 포기할 수 없다며
홑겹 점퍼 하나 입고 나온 거 있죠.

춥다고 카페에서 안 나오고,
동사할 것 같다고 차 안에만 앉아 있길래
보다 못해 휴게소에서 내복을 샀어요.

할아버지 같아서 못 입겠다고 하길래 귓가에
"…두고 갈 거야."라고 속삭였어요.

얼른 화장실로 뛰어 가서 입고 왔지요.

#두고갈거야

31

"우리 아들 남방 멋있는 거 입었네!"라고 하셔서 기어코
말리시는 아버지께 제 셔츠를 벗어드리고 아버지 셔츠를
입고 나왔어요. 뭔가 투박하지만 아버지의 냄새가 배어 있어
기분이 참 좋아요.
어릴 적 아버지는 술이라도 한잔하시면 발가락을
꼼지락거리시며 "내한테는 느그들 엄마 복순이가 1번!
느그들이 2번이다! 알았나?"라고 하셨어요. 저도 나중에
아버지가 되면 꼭 한번 해 보려고요.

#본명을#불러도#별명인줄#아는것#그게바로#울엄마의길
2016년 9월 4일

⋮

우리 집 대장 곰

JAEWOO

단 한마디의 가르침도 주시진 않았지만
보고 자란 그대로, 아버지처럼 그대로,
살고 있습니다.

YURI

아버님과 똑 닮은 신랑.
결혼 전 아버님, 어머님에 대한 이야기를 많이 듣고
결혼을 결심했어요.
미간에는 살아오신 날만큼의 고집이,
양손에는 가장으로서의 책임감,
그리고 입가에는 사랑꾼의 미소가 가득하신 우리 아버님.

처음 인사드리러 갔을 때, 금방 자리를 피해 버리시고는
돌아가는 길에 저 멀리서 계속 바라보시던 그 모습이
자꾸 떠오르네요.
신랑과 똑 닮으셨어요.

#우리집#대장곰

#3
드라곤과 꽃님이

32

아내가 자기를 얕보고 덤벼든 꽃님이에게 오빠의 위엄을 보여
주라고 해서 따끔하게 혼을 내고 있었는데 갑자기 후다닥
달려와 꽃님이를 뺏어 들고는 "우리 꽃님이한테 왜 이래~!"
하며 고양이를 쓰다듬어 주고 있어요… 아… 모략꾼… 정말
싫어… 너의 그 시나리오…

#언니는#천사#오빠는#쓰레기로#만든다#그게바로#치밀한
여자의길
2016년 9월 29일

:

나의 작은 고양이

JAEWOO

꽃님이와 유난히도 사이가 좋은 아내는
꽃님이에게 미움받는 게 싫은지 혼낼 땐 꼭 저를 불러요.
혼을 내주고 뒤돌았더니, 꽃님이는 아내에게 쪼르르
달려가서 냐옹~ 냐옹~ 하며 막 이르고 있는 거예요.
그때 난 보고 말았어요.

#슬그머니미소짓는#너의얼굴

YURI

신혼여행이 오빠의 스케줄과 겹치는 바람에
3일 만에 여행지에서 돌아오게 되었어요.
도저히 친정 엄마에게 말할 수가 없었어요.
바쁜 스케줄에 며칠간 집을 비운 오빠가
너무 원망스러워 펑펑 울었어요.

그런데 꽃님이가 슬그머니 무릎 위로 올라와서
"갸르릉~" 울더니 껌딱지처럼 착 붙어서
저를 위로해 주는 게 아니겠어요?
꽃님이가 저의 고양이가 된 순간이에요.

지금도 가끔 오빠와 말다툼이라도 하면 다가와서
슬프게 "냐아옹~" 하고 울어요.

"괜찮아?"라고 나를 위로하듯 묻는 거 같아요.

#세상에단한마리#내작은고양이

33

밥그릇 깬 거 사과할게…
화 풀어 인마… 그렇게 아끼던 건지 몰랐어.
#몸에비해#발은ㅈㄹ작다#그게바로#돼냥이의길
2016년 11월 15일

:

냥무룩

JAEWOO

고양이를 키우는 것은 참 힘들어요.
처음엔 남자 혼자 고양이 2마리를 키우다 보니
날리는 털에, 여기저기 싸 놓은 오줌, 흔적 없이 뜯긴 내
소파, 스크래치가 가득한 아끼는 내 구두…
장난은 얼마나 심한지 밤마다 우다다 뛰어다니고
우는데 아무리 혼을 내도 소용이 없었어요.
마음속으로는 12번도 더 다른 집에 보냈죠.
그렇지만 이 녀석들은 겁도 많고,
아기 때부터 나와 이 작은 집밖에는 몰라서
'내가 조금만 더 참자' 하고 하루하루를 지냈습니다.

어느새 드라곤은 캔밖에 모르는 통통한 고양이가 됐고
아홉 살… 사람으로 치면 60대 고양이가 되었네요.

#나랑같이#늙어가자

YURI

신랑과 닮은 큰 고양이 드라곤^^
처음에는 만지는 것도 불가능할 만큼 겁쟁이 고양이였어요.

하루는 침대에서 책을 읽고 있는데 한 장, 두 장, 책을
넘길 때마다 조금씩 다가와선 조용히 솜사탕 같은 주먹을
올려놓는 게 아니겠어요? 책갈피가 넘어가지 않게
잡아주더라고요.

진지한 얼굴로 함께 독서를 마무리하고
가다랑이 포를 주었더니 제 독서 파트너가 되었답니다!

시간을 들여 천천히 다가가다 보니
무뚝뚝한 드라곤만의 매력을 알게 되었어요.

#책읽는고양이#솜사탕주먹

34

괴롭히다 결국 얼굴 물림…
#돼지#고양이#힘도#좋네
2016년 6월 24일

:

나도 좀 좋아해 줘

YURI

우리 집 둘째, 꽃님이는
오빠보다 저를 더 좋아해요.
제가 얼굴을 살짝 가져다 대면
까칠한 혀로
살살 핥아 주곤 해요.
그런데 오빠가 뽀뽀라도 하려고 하면
성질을 내죠.
서운해하지만 어쩌겠어요?
내 고양이인데…

#편애#고양이집사면접#탈락

JAEWOO

오갈 데 없는 스트릿 출신들을 거두어 줬더니…
못 배운 고양이 같으니라고…

#언니만#좋아함

35

네 눈을 피하지 않겠어. 우린, 네가 두렵지 않아… 설령,
오늘 사료를 먹지 못한다고 해도…
2015년 12월 30일

:

길용이와 꽃님이

JAEWOO

꽃님이와 내가 한가한 날에는
유리가 돌아오길 함께 기다려요.
같이 셀카도 찍고, 간식도 공유하다 보면
어느새 저녁이에요.
곧 온 가족이 모이는 시간이 와요.
저랑 꽃님이는 그 시간이 제일 좋아요.

#6~7시#너에게는사료의시간#나에게는카레의시간

YURI

내 뒤만 졸졸 따라다녀서
부담스러운 1인, 1묘예요.
늦게 오면 자꾸 전화하고,
방에 들어가면 야옹야옹 울고
나도 나만의 시간이 필요해요.

#밥도#줬잖아…

36

나한테 그렇게 기대고 있었으면 난 짜증 냈을 거야…

#고양이#캣스타그램#냥스타그램#cat#드라곤&꽃님이

2016년 3월 14일

:

서로가 점점 닮아가

JAEWOO

나의 평범하지만, 또한 평범하지 않은 하루하루가
당신과 작은 고양이들이 있어 너무나도 소중해.
당연하지만, 또 당연하지 않은 내 일상이 그냥 주어진
것이 아니라는 것을 알고 있어.

어릴 때는 사람들이 나를 보면 크게 웃어 줘서
개그를 업으로 삼게 되었지.
내가 사랑을 많이 줬어야 했는데,
받기만을 원해서 주변 사람들에게 잘못한 적이 많았어.
나이가 들어가며 소중한 것들이 생겨나면서
깨달은 것들이 많아.

무엇보다도 이 일상이 소중해.
나보다도 훨씬 더 소중하고 사랑해.

#나의가족#나만의가족

YURI

우리 집 두 고양이는 알콩달콩 사이가 좋아요.
같은 집에 사는 사람들끼리 닮아간다고 하죠.
신기하게 동물도 주인을 닮아가요.

꽃님이가 멍한 표정을 지으면 제 얼굴이 보여요.
드라곤이 진지하게 간식을 달라고 조르면
신랑의 표정이 나오네요.
늘 꽃님이가 드라곤에게 기대거나 애교를 부리는데,
마치 제 모습을 보는 것 같아요.

함께한 시간만큼 서로의 모든 것이 공유되고,
서로의 개성이 한데 섞여
단 하나의 가족이 만들어지는 것 같아요.

#2인#2묘#종은달라도#우리는가족

37

부도 맞은 사장님처럼 앉아 있는 녀석을 보면 개껌만으론 채울
수 없는 슬픔이 보여요…

#내가#고자라니#그게바로#씨없는수박의길

2016년 8월 29일

:

개껌만으론 채울 수 없는 슬픔

JAEWOO

친한 동생의 개 '에이셉'은 얼핏 보면 흰 염소 같아요.
동네에서 날리는 멋진 총각이 될 수 있었는데,
어쩔 수 없이 선택된 제2의 성… 미안하다…

#내가한게아닌데도…#왠지#미안하구나

YURI

래퍼 '에이셉라키'의 이름을 따 지은
불테리어 '에이셉'이에요.

오빠가 아끼는 동생이 키우는 개인데요.
세 보이는 인상이지만
오빠 앞에서는 순한 양이에요.

#신랑이랑#닮았네

38

녀석과 함께 서서 창밖을 구경하고 있으면 지나가시던
할머니들께서 "아이고~ 저 염소 봐라~"라고 하심…

#그게바로#씨없는#염소의길
2017년 6월 12일

:

염소가 아니랍니다

JAEWOO

아기 땐 그렇게 작고 귀엽더니, 어느새 대형 견이
되어버린 왕발 '에이셉'.
이제는 아는 동생이 하는 장난감 가게의
마스코트가 되었어요.
가게를 지키느라 힘들었을 테니
오늘의 상은 개껌과 산책 30분!

YURI

우리 신랑은 동물들을 아주 좋아해요.
어릴 땐 수의사가 되고 싶었다고 할 만큼
길을 가다 동물을 보면
말도 걸고 키우고 싶어하고…
아이처럼 좋아하는 모습에
저도 같이 행복해져요.

길 가다 아픈 동물들을
자주 데리고 오는데,
초등학교 5학년생도 아니고
혼을 낼 수도 없네요.
꾸밈없이 순수한 눈으로 바라보면
사랑할 수밖에 없다고 해요.

#조건없이#인간을좋아해주는존재

39

당신이 그렇게 생각한다면 빨리 와…
거실에 똥 싸놓기 전에…
#그게바로#대형견의길
2017년 1월 21일

⋮

늘 기다려 줘서 고마워

JAEWOO

아내가 야근하는 날이면 고양이 캔도 따 주고,
화장실도 청소해 주고, 내 밥도 아무거나 먹고 수시로
카톡을 보냅니다.
"언제 와? 너무 늦게 끝나면 역으로 데리러 갈까?"
아내가 다크서클이 무릎까지 내려와서 터덜터덜 역에서
걸어 나오면 차에 훅 태우고 집에 옵니다.

#역시집에2인#2묘가있어야#완성

YURI

이상하게도 어릴 적부터 동물에게 많이 물렸어요.
토끼에게 사료를 주다 물리고,
개에게 쫓기고, 고양이들도 저를 피하는 것 같고,
오리에게도 꼬집힌 저는
그래도 꿋꿋이 동물들에게 다가가는
짝사랑 인생이에요.

동물들이 싫어하는 스타일인 것 같아요.
그래도 저를 좋아해 주는 동물은
눈이 잘 안 보이는 꽃님이와,
간식 먹을 때 제일 행복한 드라곤,
우리 집 대형 견밖에 없네요.

#늘#나를기다려주는#소중한나의가족

40

내가 더 귀여워… 내가 더…
#나의#사랑의라이벌#꽃님이
2017년 7월 5일

:
사랑둥이들

YURI

외모는 상남자지만, 우리 집 서열 4위 신랑.
그 속에는 섬세한 감정을 가진 철학가도 살고 있고,
까탈스럽고 결벽증인 도련님도 있고요,
귀여운 아기나 동물들을 보면 감탄 어린 눈으로
바라보는 소년도 살고 있어요.
그중에 사랑받으려 노력하는 남자가 제일 좋아요.
"멋지다!"
"귀엽다!"
"세상에서 제일 잘생겼네!"라고
칭찬하면 광대가 눈꼬리까지 올라가며 히히 웃는

우리 집 사랑둥이.

#내눈에는#너무너무#귀여워요

JAEWOO

아내가 사진을 찍으며 "어머~ 귀여워~"라는
말을 연발했어요.
기분이 좋아진 저는 최대한 귀여운 표정으로
망고를 먹었고, 그 표정은 저만의
소중한 추억으로 남겨 두었어요…

#저#고양이ㅅㄲ…

41

꽃님이는 앞이 보이진 않지만, 냄새와 소리로 세상을
기억해요. 그 누구보다 우리 부부를 반겨주는 고맙고 예쁜
여자아이입니다…

#김꽃님
2017년 8월 1일

:

작고 따뜻한 꽃송이

JAEWOO

가장 몸이 약해 마지막까지 남아 있던 작고 마른 고양이.
콧물이 줄줄 나는데 강렬한 눈빛으로 째려보던 녀석이
눈에 아른거려 드라곤의 동생으로 삼자 싶어 데리고
온 꽃님이에요. 지금은 어찌나 건강한지 살도 찌고,
사람들도 엄청 따르는 개냥이가 되었어요.
희소병에 걸려 눈이 점차 안 보이게 되었지만,
아직도 째려보던 그 눈빛은 살아있답니다.

#언니만좋아하지말고#나도좀좋아해줘

YURI

내가 화장실에라도 들어가면
몰래 따라와 벌러덩 드러눕는
우리 막내 고양이 꽃님이에요.
작은 얼굴이 꽃처럼 예뻐요.

좁은 공간에 저와 단둘이 있는 걸 좋아한답니다.

우리 신랑 다음으로 저를
사랑스러운 눈으로 바라봐 주는데요.

어느새 나이도 많이 들고
눈도 잘 안 보이게 되었어요.
아직도 제가 옆에만 있으면 기분 좋은
고양이 목 울음소리를 내는데요.

더는 서로 바라보고
눈 맞춤을 할 수 없다는 게 가장 슬퍼요.
아직 내 얼굴을 기억할까요.
내 작은 고양이는…

#따뜻하고#사랑스러운#나만의#작은꽃

#4
신혼, 새로운 시작

42

제가 3일 동안 집을 비우고 아내가 이틀 집을 비우는 바람에
무려 5일이나 서로 얼굴을 보지 못했어요. 이렇게 떨어져
지낸 건 결혼 4년 만에 처음이라 지금 느끼는 감정이 뭔지 잘
모르겠어요…

#힐링
2017년 1월 21일

:

유리 사용 설명서

JAEWOO

다음 생에도 자기와 함께할 수 있겠냐는 아내의 물음에
단 1초도 망설이지 않고,
"어!"라고 대답할 수 있는 건, 2초 이상 망설이면
"아니!"라고 대답한 것과 같기 때문입니다.

#1초사이에#저녁반찬이#달라진다

YURI

새로운 삶의 시작, 새로운 인생이 시작되는
신혼 초, 나를 바꿀 수 가장 중요한 첫 단추는
대화라고 생각해요.
대화를 통해 상대방을 파악할 수 있기 때문이죠.

무엇을 싫어하고 무엇을 좋아하는지,
나에 대해서도 상대방에게 적극적으로
어필해야 하는 시기랍니다.

유리 사용 설명서를 신랑에게 전해 주고
정독시키고 있어요.

나에게도 당신의 사용 방법을 자세하게 알려 주세요.

#나중에문제가생겨도#교환#반품#불가입니다

43

아침에 냄비를 열어 보니 갈비찜이 있었어요. 남기지 않고
맛있게 싹 비웠어요. 아내가 집에 들어와 장조림 일주일치를
찾고 있어요… 또 사고 쳤어요…

#물#6리터#마심
2016년 7월 11일

:

이제 뽀뽀하고 화해해

JAEWOO

둘 중 누가 먼저 사과를 하든,
꼭 그 사과를 받아 주자고 약속했어요.

용기 내 먼저 사과하는 것은
상대방을 배려하는 것이지만,
그 사과를 흔쾌히 받아 주는 건
서로의 믿음을 쌓는 것이니까요.

YURI

누군가의 아내, 남편이 된다는 것은
나를 조금씩 깎아 내고, 갈고 닦는 게 아닐까요?
자기만을 위해서 살던 배우자를 내 기준에만
맞추려고 하면 점점 지치게 돼요.

하나부터 열까지 너무나도 달라서
잔소리하다가 포기하게 돼죠.
상대방도 마찬가지겠죠.
사소한 일로 다투고, 화를 내다보면 마음이 너무 아려요.

저희 부부도 몇 년간 서로의 모난 부분을 갈고 맞추다
이제는 화해를 위한 둘만의 주문도 만들었어요.

"자~ 이제 뽀뽀하고 화해!"라고
둘 중에 한 명이 외치면 무조건 하던 말을 그만두고
잠시 참는 시간을 갖기로 했어요.

화해하기 위해 노력이라도 하는 모습을 보이는 거죠.

요즘에는 아주 가끔만 사용한답니다.

#주문을#걸어봐

44

밖에서 몇 번이나 이름을 불러도 못 알아듣던 아내에게
"이쁜아!"라고 했더니 아내 포함 다섯 분이 뒤돌아보셨어요. 다들
누군가의 이쁜이 이시군요…

#그게바로#5쁜이의길

2017년 3월 10일

:

나만의 이쁜이

JAEWOO

연애 시절 발을 다친 아내를 업고
도란도란 이야기하며 마포대교를 건넌 적이 있어요.

7년이 지난 지금도 크게 변한 건 없지만
아주 조금 변한 게 있다면,
얇아진 내 다리와 무거워진 내 유리…

YURI

예쁘다는 말은 언제 들어도 좋아요.
거울을 보면 결혼 전 모습은 온데간데없지만,
마음속에는 언제나 사랑받고 싶은
수줍은 소녀가 살고 있답니다.

그래도 시간을 이길 수는 없죠.
속상한 마음에 아이크림을 듬뿍 바르고
유행하는 팩도 샀는데,
그런 나를 신랑은 물끄러미 바라보더니,
"이쁜아~"라고 불러 주네요.

그러면 연애 시절의 내가 다시 나타나곤 해요.
행복한 표정, 생기 넘치던 눈빛.
빨갛고 작은 입술로 말해요.

사랑해요.
고마워요.

#사랑해요

45

제 눈엔 늘 소녀 같고 여성스러워 보이는 아내가, 방금
재채기를 "빠세이~!"라고 했어요…

#눈알은#안튀어나왔니?#그게바로#으뜸으로#시원한
#빠세이의길
2016년 9월 8일

:

그렇게 닮아가는 우리

JAEWOO

함께 산책하다 느닷없이
"야, 곰〜! 너 들었지?"라는 돌발 질문에
"듣지는 못 하고… 맡기는 했어…"라고 대답했더니
아내는 "꺄〜〜" 하고 비명을 지르며 달아났어요.

냄새는 내가 맡았는데
왜 지가 도망가지?

YURI

이제는 아무렇지 않게 방귀를 뿡 뀌고,
가끔 조절 안 된 트림을 하고,
가끔 방귀소리가 너무 크면 "미안."
하나도 안 미안한 얼굴로 이야기하는데
이제는 너무 익숙한 일상이에요.

편해서 그런 건가요?
가끔 진심으로 화를 내게 돼요.
진짜 이불 안에서 방귀 뀌는 것은 용서가 안 돼요.
미워요!

#잠결에#비속어가나오지않게#주의

46

오늘은 아내와 각자 일을 보고 밖에서 만나기로 했어요. 멀리서
걸어오는 아내를 보고, "야~! 너 어디 갔다 오는데 이렇게
이쁘게 하고 다녀?!"라고 했더니, 창피해하던 아내가 간만에
연애 때 지었던 표정을 보여 주었어요.

#선한#거짓말#생존
2017년 4월 29일

:

물끄러미 바라봐 주네요

JAEWOO

가끔 아내가 다른 사람을 만날 때
예쁘게 꾸미는데, 그 모습을 보면
나도 모르게 서운할 때가 있어요.

'서운해하지 말아야지, 그러지 말아야지' 하면서도
서운할 수밖에 없는 건
그 예쁜 모습을 나에게만 보여 줬으면 하기 때문이에요.

#30대아저씨의#작은질투#그리고#비포#에프터가#좀심하긴해

YURI

신랑이 새벽 스케줄을 끝내고 집에 들어왔나 봅니다.
새벽 2시까지는 기다렸는데, 역시 그 이상은 무리네요.

신랑은 옷도 안 벗고 와서 침대에 걸터 앉아
머리를 쓰다듬어 주곤 해요.

내 이마에 손을 얹고 뽀뽀를 해 주는 것도 알아요.
혼자서 내 얼굴을 물끄러미 보다가,
뭔가를 골똘히 생각하다가는 일어나서 나가네요.

일이 힘드냐고,
오늘 무슨 일이 있었냐고 물어봐야 하는데
눈꺼풀이 무거워서 신랑을 잡을 수가 없어요.

얼른 씻고 자요.
내일 또 일찍 일어나야 하잖아요.

#지친#나를#물끄러미#바라봐주네요

47

너희 집 가훈처럼 잘살고 있단다…
2015년 8월 15일

:

우리를 닮은 아이

JAEWOO

날 닮은 아들이 생긴다면
아이가 말을 알아들을 수 있을 때부터
"아빠가 없을 땐 네가 엄마를 지켜 줘야 해."라고
하루에 한 번씩 얘기해 줄 거야.

그러니 너도 널 닮은 딸이 생기면
"엄마보다 네가 아빠를 더 사랑해 줘!"라고
하루에 한 번씩 이야기해 줘…

#즐거운#상상

YURI

내 별명은 '조고민'.

아직 오지도 않은 나쁜 상황을 먼저 생각해서
끙끙 앓는 성격이랍니다.

반대로 신랑은 미래에 대한 걱정,
고민이 전혀 없는 천하태평이에요.

그런 둘이 만나자,
인생이 개그였던 남자가 다큐로 바뀌었어요.

저도 신랑과 결혼하고 나서
시사 프로그램이었던 제 인생이
다이내믹하게 비뚤어지고 있답니다.

#행복한#일탈

48

아내와 게임에서 지는 사람이 딱밤을 맞기로 했어요.
아내는 벌칙이 좀 센 거 아니냐며 안 한다고 했지만, 저는
딱밤이면 괜찮다고 구슬렸어요. 하지만 제가 게임에서 졌고
아내는 제 머리를 주먹으로 때렸어요… 얘네 동네에선 이게
딱밤이었대요.

#그럼#죽빵은#어느정도니?
2016년 7월 25일

:

나 이제 좀 강해지려고 해요

JAEWOO

겁이 많고 소심한 아내가 늘 걱정이었는데…
이젠 걱정하지 않아요.

한 방에 끝내겠다는 그 눈빛…
그건…
승부사의 눈빛이었습니다.

YURI

저는 소심해서 해야 할 말을 잘 못하고
속으로 끙끙 앓던, 그런 사람인데요.
할 말을 거침없이 하는 신랑을 만나서 조금 변했습니다.
승부를 걸어온 사람에게는
그 누구든 전심전력으로 부딪히기로 했어요.
그 첫걸음일까요?

#묵직한타격감#짜릿한손맛

49

아내가 아파서 아침부터 병원에 왔어요. 진찰이 끝나고 아내는 기운이 없다며 이삭 토스트 두 개 반을 먹었어요… 먹으면서 점심은 뭘 먹으면 좋을지 물어봐요… 제가 돈을 모으지 못하는 이유를 느닷없이 병원에서 깨달았어요.

#내통장은#조금씩#말라가고있었네#마치#뚜껑을#열어놓은 #물티슈처럼

2016년 7월 23일

:

우리, 늘 건강하자

JAEWOO

아이러니하게도 아내는 아프면 더 예뻐 보여요.
뭔가 더 청순해지고, 보호해 주고 싶기도 하고,
그래도…
좀 못생겨져도 얼른 건강해졌으면 좋겠는데…

YURI

매일 허리가 아프다며 주물러 달라고
바닥에 드러눕는 우리 신랑.

처음엔 너무 귀찮았는데,
요즘엔 제가 먼저 어깨를 주물러 달라고 해요.

신랑이 먼저, 그다음엔 제가.
서로에게 마사지해 줘요.
신랑에게 마사지를 받으면 노곤해져서 금방 잠이 들어요.
신랑은 매번 당하다 보니
저 보고 먼저 주물러 주면 그 후에 해 준다고 해요.

#신랑손은#약손

50

누워서 과자를 먹으며 아내를 놀리는 재미는 아주 쏠쏠하지만,
오늘은 제가 생각해도 얄미웠어요…

#그게바로#flying쓰레빠의길
2016년 12월 20일

:

우리 아직 말랑말랑해요…

JAEWOO

우린 신혼이라
아직까진
말랑말랑한 걸
던져요…

YURI

신랑이 세상 얄미운 날이 있어요.
우리 집 고양이들보다 더 철딱서니가 없는 날.
미운 마음에 소리도 쳐 보지만
그래도 너무 사랑해서…

#말랑말랑한걸#골랐어요..

51

돈 떨어지면… 또 블루마블 하면 되지 머… 인생 머 있나?
힙합이지!
창피해하지 마 여보…
2015년 12월 28일

:

남편의 외조로 성공한 덕후

JAEWOO

멋진 차, 좋은 옷, 넓은 집도 좋지만
누구도 훔쳐 갈 수 없는, 절대로 유행 타지 않는
그리고 초라하지 않은
너와 나만의 이야기들로 이 공간을 채워 보자.

#SNS#사용법

YURI

어릴 때 못하게 하면 커서 더 한다는 말이 있듯,
학창시절에 부모님은 제가 만화를 보는 것도,
최신가요를 듣는 것도 싫어하셨어요.
그래서 어른이 된 다음 맘껏 만화책도 읽고,
스모키 화장을 하고 콘서트도 다니곤 했죠.

결혼 후에는 취미 생활을 모두 접고 얌전하고
조신한 아내가 되어야지 생각했어요.
그런데 신랑이 취미가 뭔지,
어떤 음악을 좋아하는지 물어보는 바람에
나도 모르게 하나둘씩 본심을 이야기하게 되었어요.

덕분에 신랑의 전폭적인 지지를 받으며
취미 생활을 유지하고 있답니다.

둘이 같이하니 창피하지 않아요.

#성공한덕후

52

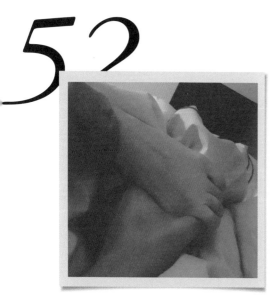

핸드폰을 보는 아내에게 손 좀 잡아 달라고 했더니… 발로
잡아 줬다.
어쩐지. 거칠더라…

#럽스타그램#각질#찬발#수족냉증
2016년 3월 28일

:

마음은 부드러워요

JAEWOO

뭔가 거칠지만 섬세했던 그 촉감!
나를 압도할 정도로 강한 악력!
그래, '이 여자는 뭔가를 숨기고 있어!'라고 생각했는데,
손을 숨기고 있었구나?

YURI

사실 손이 하얗지만 거칠고 딱딱해요.
제 손을 잡아 본 사람은 무슨 일을 하냐며 놀라곤 하지요.
그래서 손잡는 걸 싫어했어요.

우리 신랑 손은 까맣지만, 엄청 커서 내 손을 잡을 때
늘 손 전체를 감싸 줘요.
처음엔 손잡는 게 부끄러워 살짝 잡았어요.
나중에 그 이유를 말해 줬더니
아무리 거칠고 딱딱해도 상관없다고
손을 꽉 잡아 줬어요.

#손은딱딱해도#마음은부드럽다고요

53

돈을 조금씩 숨긴 이유를 솔직하게 말하면 다시 돌려주겠다는
아내의 말에 "좋은 옷이랑 신발 같은 거 사서 멋있어지고
싶었어."라고 대답했더니, 아내는 "오빠는 이미 멋있어요."라고
한 뒤 돈은 돌려주지 않았어요…
진화했다… 이 세미양아치…
2016년 3월 21일

:

솔직히 말해 봐요

JAEWOO

누군가가 비상금 숨기는 장소를 매번 들키는 저에게
"와이프 고등학교 졸업 앨범에 숨겨 봐."라고
얘기한 적이 있어요.

이건… 뭐 제 자랑은 아닌데
제 아내는 고등학생 때부터 예뻤답니다.
아내는 요즘도 고등학생 때의 자기 사진을 보여 주며

"이거 봐요. 오빠, 여기에 나 있어요."라며
훈장처럼 이야기해요.

#문희준머리는#유행이었니?

YURI

우리 신랑은 프리랜서라서
저는 더 열심히 저금 해야 한다고 생각해요.
집안 경제를 이끌어가는 재무부장관으로서,
신랑에게 용돈을 주고 아껴 쓰라고 해요.

가끔 본인이 입던 예전 옷들을 팔아
용돈을 만들곤 하는데 장하기도 하고 안타깝기도 해요.

#미래를위해서#오늘도저금!

54

갑자기 아내가 아무 말도 하지 않고 저를 빤히 쳐다봤어요. 내심
혼자 심쿵해서 얼굴이 빨개졌지만 고양이 똥을 치우고 나니 더
이상 쳐다보지 않았어요…

#그게바로#고양이똥#보다못한#남자의길
2017년 4월 20일

:

'심쿵' 했어요…

JAEWOO

아내가 날 보는 시점 – 고양이 똥 치우개

고양이가 날 보는 시점 – 캔 따개

YURI

아무리 친구들과 맛있는 음식을 먹으러 가고
좋은 것을 보아도 자꾸 당신 생각이 나요.
다음에 꼭 같이 와야지, 꼭 함께 먹어야지…

예전엔 소원을 빌 때면 내가 하고 싶은 것,
내가 이루고 싶은 것을 빌었는데,
이제는 당신의 행복, 건강을 바라게 돼요.
오늘도 행복하고 즐겁기를 바라요.

그래도 제일 중요한 건 건강이에요.
당신은 건강해야 해요.
그래서 내 옆에서 오래오래 함께해 줘요.

#당신의#행복#당신의#건강을#바라요

55

아내에게 강아지풀을 두 개 엮어 '토끼'를 만들어 주었어요.
분위기를 잡고 멋진 말을 하려는데, 아내가 "빨리 걸어서 배
꺼트리자!"라고 했어요…
흥, 현실주의자…

#그게바로#아직더먹을수있는#여자의길
모두 즐거운 명절 보내세요.
2016년 9월 15일

⋮

특별한 사람과 함께 하는 산책길

JAEWOO

이상하게도 이 사람과 도란도란 이야기하며 걷다 보면,
당현천도 몽마르트르 언덕처럼 느껴진다.
자전거에 매단 스피커에서 나오는 트로트 메들리도
이 사람이 따라 부르면 걸 그룹 신곡처럼 들린다.
난 그런 특별한 사람과 길을 걷고 있나 보다.

YURI

이상과 현실의 벽이 높아 만족할 수 없던 때가 있어요.
잘나고 싶고, 누구보다도 성공하고 싶은 철없는
어른이었던 시절,
여직원 화장실에서 한 상사와 이야기를 나누게 되었어요.
늘 자신감 넘치는 멋진 여성,
반짝반짝 빛나는, 제게는 동경의 대상이었죠.
많은 사람이 "공부 열심히 해라.",
"돈 잘 버는 배우자를 만나라."는 현실적인 조언을 할 때
높은 급여를 받고, 명품을 두르고, 화려해 보이는 것만이
성공의 전부가 아니라고 말해 주었어요.
진정으로 사랑하고 사랑받을 수 있는 배우자,
화목한 가정 또한 성공을 가늠하는 큰 척도라고요…

9년이 지났지만, 잊히지 않는 이야기예요.

#선물같은#일상

56

돈 많이 주는 광고는 의심해 봐야 함…

#옷은#괜히#샀네

2017년 3월 7일

:

오늘, 웨딩드레스를 입었어요…

재우

"김재우 씨, 아직 몸 유지하고 계시죠?"라는 광고주의
말에 머릿속엔 수많은 신이 스쳐 지나갔지만…
이걸 찍을 줄은 꿈에도 상상 못 했어요…

#가슴근육이#빛을발휘하는 순간…

YURI

많은 분이 카레 먹어서 몸이 좋아졌냐고 물으시지만
우리 신랑은 매일 2시간씩 운동을 하고 있답니다.
항상 건강하고 멋진 모습을 보여 드리고 싶다고 해요.
아침에 팔굽혀펴기를 열심히 하고 나가더니
오프 숄더를 입었네요…

#내웨딩드레스보다#예쁜데?

57

신발장에서 알 수 없는 꼬랑내가 났어요. 아내에게 물어보자
아내는 전혀 아무 냄새도 나지 않는다고 했어요. 아내의 겨울
부츠를 들고 냄새를 맡으려 하자 아내가 그 걸 빼앗아 꺄르르
웃으며 도망갔어요.
여보… 웃지 마. 나 지금 조금 화나…

**#아내몰래#뒷산에서#부츠를#태우는것#그게바로#후각을
잃은남자의길**

저 오늘 진짜 부부싸움 할 거예요…
2016년 8월 10일

:

여보… 웃지 마. 나 지금 조금 화나…

JAEWOO

한번은 아내가 성이 잔뜩 난 얼굴로 저를 원망하듯
"오빠~ 신발장에서 이상한 냄새가 너무 나요!"라며
신발장 문을 열었는데 거기엔 제 신발은
두 켤레뿐이었어요…

#조용히#문을닫던#너의뒷모습

YURI

많은 남자가 내 여자친구는
꽃향기만 날 거라고 믿는대요.
방이 더럽고, 안 씻는 것도
내 여동생이나 누나뿐이라고요…

#부츠는#비무장지대DMZ

58

오후 2:44

쪼율!!!나 뭔가 대기업 임원포스 아님??

오후 2:45

🖤 내사랑 조유리 🖤

어느...파세요?? 😵

오후 2:47

단절
2017년 6월 1일

:

사실은 멋있어!

JAEWOO

나?…

#강황저주파

YURI

가끔 회사에서 일할 때 문자가 옵니다.
지금 출발해서 일하러 가고 있거나,
운동을 간다는 소소한 내용인데요.

늘 어디를 갈 때마다 연락을 주는 이 사람.
귀여워서 장난을 칩니다.

#사실은#멋있어!

59

질문
여러분은 남자가 이해가 안 될 때가 언제인가요?…
여러분이 느끼는 이해 안 가는 남자들의 심리나 행동을
이야기해 주세요.
아… 댓글 진짜 빵빵 터지네요. ㅋㅋㅋ
댓글만 읽어도 30분 후딱 감. ㅋㅋㅋ
2017년 5월 29일

:

꽁냥꽁냥 텔레파시

JAEWOO

안녕하세요~! 아내 눈치 FM의 DJ 김재우입니다.
오늘은 놀랍게도 3,000명이 넘는 분들이
댓글을 달아 주셨는데요.
대표로 남편이 이해 가지 않을 때
베스트 5를 골라 보았습니다.

1. 4만 원짜리 가방 갖고 싶다 하니 돈 없다고 만오천 원짜리 들라고
하고, 나 몰래 리니지 20만 원 현질… 들키면 씨도 안 먹힐 애교
부릴 때… yeon******
2. 엄마 힘들다며 아들한테 "아빠가 놀아 줄게." 하고 불러 놓고
"아빠 호랑이다! 어흥! 잡아먹는다!" 하며 아들 겁줘서 엄마한테
다시 보낼 때… bin*****
3. 지 몸뚱이 씻는 것보다 세차를 더 열심히 할 때… juwo*****
4. 힘들게 차려 준 밥상… 밥 두 그릇이나 먹어 놓고 물이 제일
맛있다고 할 때… alst*****
5. 술 안 취했다고, 자기가 설거지 한다고 프라이팬이랑 수세미 들고
쓰러질 때… ddakzi******

YURI

가끔 서운할 때 텔레파시를 보냅니다.
맛있는 음식을 말 한마디 없이
와구와구 먹는 그를 보면서
'나에게 한 입 주지 않으면 삐질 거야!'
하고 속으로 조용히 메시지를 보냅니다.

30초쯤 지나면 놀랍게도 고개를 슬그머니 들고선
먹던 음식을 제 입에 넣어 줍니다.
드디어 텔레파시가 통했나 봐요.

#그의텔레파시주파수#눈치FM

60

현관문 앞에 웬 '요정'이 저를 마중 나왔어요…
#그게바로#가스검침요정의길
2016년 10월 24일

:

좋아하는 것이 같습니다

JAEWOO

현관문을 빼꼼 열고 절 마중 나오는
아내의 모습이 사랑스러워
전 오늘도 심술궂지만, 비밀번호 대신
초인종을 누릅니다.

YURI

좋아하는 것이 같아요.
우리는 만화를 좋아하고,
동물을 사랑하고,
주성치를 좋아합니다.
맑은 날씨,
가을바람,
맛있는 음식,
가수 아델의 허스키한 목소리도 좋아하지요.
마요네즈가 들어간 음식이 좋고,
고기를 잘 먹고, 물론 카레도 좋아한답니다.
신랑이 좋아하는 쓴 커피도,
동전이 들어가지 않아 불편한 머니클립도
어느 순간 내 손에 들려 있어요.
이 중에는 원래 좋아하던 것도 있고,
신랑과 함께 하다 보니 좋아하게 된 것도 있습니다.

어느 순간부터는
'내가 이걸 언제부터 좋아했더라?'라는 생각이 들 만큼
좋아함의 경계가 모호해지는데,
누가 먼저, 왜 좋아했었는지도 모를 만큼 마냥 좋습니다.

#네가좋으면#나도좋은거지#그치오빠?

#5
꽁냥꽁냥 선물같은 나날들

61

부산의 명소 중 하나인 감천문화마을이에요. 이곳에 와서
아내에게 해 줄 이야기가 많이 생긴 거 같아 부자가된
기분이에요.

#부산#감천문화마 을
2016년 7월 12일

:

좋은 걸 보면 늘 네가 생각 나

JAEWOO

골목 하나하나 빠짐 없이 구석구석 돌아 봅니다.
가능한 많은 곳에 들러 밥도 먹어 봅니다.
아내와 함께 이곳에 다시 올 땐
지금보다 더 행복한 여행을 만들기 위해…

YURI

"나 여행 가고 싶어."
신랑의 말에 당장 휴가를 쓸 수 없어서
혼자라도 바람 쐬고 왔으면 하는 마음에
신랑만 떠나 보낸 부산 여행.

그는 높은 곳에 가서,
바닷가에서,
맛있는 식당에서
사진을 꼭 찍어서 보내 줘요.

여로, 여행 중 만난 사람들의 이야기를
그림일기를 쓰듯이 전해 주는 사람.

덕분에 저도 사무실 안에서 함께 부산 여행을 해요.

#떨어져있어도#우린#함께예요

62

부산 분들이 흥이 많은 이유를 이제야 알 거 같아요. 앉아 있기만 해도 기분이 좋아져요. 나중에 이곳이 너무 그리워질 것 같아요.. 그땐 을지로 조명 상가에 가야겠어요…

#부산#해운대#더베이101
2016년 7월 13일

:

잘 다녀왔어요

JAEWOO

혼자 하는 여행이
함께 하는 여행보다 좋은 유일한 한 가지는,
두고 온 하나를
끊임없이 생각하게 된다는 것입니다.

#그게#바로너야

YURI

여행을 가는 것을 두려워했던 사람이,
이제는 답답할 때마다 여행을 가고 싶어하네요.

체크카드 안에 여행 비용을 넣어 주면,
손에 꼭 쥐고 열심히 걸어 다닙니다.
많은 것을 보고, 다양한 사람을 만나고
까맣게 타서는 하얀 이빨을 보이고 웃으며 돌아옵니다.

"재미있었어요?"
"맛있는 건 많이 먹었어요?"
"누가 심한 이야기는 안 하던가요?"
"다정한 사람들이 웃으며 인사를 해 줬어요?"
궁금한 건 한 가득이지만
행복한 추억을 담아 돌아온 눈동자를 보면,
"잘 다녀왔어요." 한마디면 됩니다.

#행복한#추억

63

여행 중 이틀이나 화장실에 가지 못했다는 제 말에 아내는
"오빠가 응가를 에너지로 쓰고 있는 거 아니에요? 거름이
에너지로 바뀌는 거 알죠?…"라고 물어보았어요. 유리야,
내가 무슨 밭이니?…
2016년 3월 3일

:

고마워요, 내 사람

JAEWOO

널 만나고 난 참 많은 것들이 변했어.
인상…
옷차림…
성격…
그런데… 내 대장도 오가닉으로 바뀌었구나.

YURI

나이가 들면 자신을 바꾸기가 힘들다고 하던데,
고집쟁이에 본인의 색이 너무나도 확고하던
이 사람이
조금씩 조금씩 바뀌었어요.
바꾸기 위해 힘들어하고 많이 노력한 거 알아요.
그래도 나의 말에 귀 기울여 줘서 고마워요.
잔소리라 생각하고 무시하지 않아서 참 다행이에요.

#나도#많이#바뀌고있어요

64

면도도 안 하고 잘 씻지도 않았더니 동물들이 제 옆으로
잘 오는 군요… 이 녀석은 말도 안 되게 귀염 터지는
아기 고양이예요, 하지만 오줌은 술 취한 아저씨만큼
싸더군요…

#여행도중#만난#복병

2016년 6월 29일

:

여행지에서 만난 귀여운 냥이

JAEWOO

고양이를 키우기 전에는 늦은 밤 골목에서
새끼 고양이만 만나도 소름이 돋았어요.
하지만 녀석들의 매력을 알고 난 후부터
세상 모든 고양이들이 예뻐 보입니다.
편견…
나도 누군가의 눈에는 소름끼치는 길고양이…
혹은 귀여운 '냥이'로 보일 수 있겠구나.

#여행을떠나#알수있던것들…

YURI

신랑이 여행을 떠났어요.
가끔 길을 가다가 만난 작은 고양이와
함께 찍은 사진을 보내 줍니다.
우리 부부는 고양이를 너무 좋아해요.
눈인사를 나누는 것도 잊지 않지요.
사람과 다른 눈동자를 가졌지만
따스한 감정을 지닌 아이들.
이렇게 귀여운 아기 고양이를
어떻게 사랑하지 않을 수 있겠어요?

#여행하다만난#친구

65

아내가 열아홉 살 때부터 세상을 여행하며 모은
자석들이에요. 이중엔 제가 아내를 처음 만난 날 잘 보이고
싶어 선물로 준 자석들도 있어요. 아내는 자석 하나하나
누구와 어떤 추억이 있었는지 설명해 주는 걸 참 좋아하지만,
몇 개는 잘 기억이 안 난다며 쓴웃음을 지어 보여요…
#어떤ㅅㄲ냐#그게바로#명탐정의길
2016년 12월 26일

:

차곡차곡 추억놀이

YURI

첫 해외여행을 갔을 때
기념품 중에서 자석이 가장 저렴한 거예요.
학생이라 점심은 샌드위치를 먹고
남은 돈으로 자석을 사서 모았습니다.

그렇게 모인 추억이 하나둘,
결혼 후 신랑과 함께 모은 추억도 쌓여 벽면을 채웠어요.
가장 좋았던 여행지의 자석은요!

#당연히#남아프리카공화국의#표범자석

JAEWOO

냉장고에 자석을 많이 붙이면
전기세가 많이 나온다는 말을 들은 적이 있어요.

#추억세금

66

오늘 여행 중 가장 기억에 남는 아기 백구예요. 녀석이 물어뜯어 패딩이 터졌지만 제 아내를 쏙 빼닮아 한 번만 눈감아 주기로 했어요…

#완도#아기백구
2017년 1월 4일

⋮

아내를 꼭 닮은 아기 백구

JAEWOO

완도의 전복구이 집 앞에서 여유로이
배를 뒤집고 애교를 부리던 녀석…
밥그릇 안의 수많은 전복들로
관광객들의 부러움을 자아냈던 녀석.
"에이고~ 너 우리 아내처럼 눈물 점 있구나?"라며
얼굴을 만져 주는데 바로 달려들어 패딩을 구멍 낸 녀석.

YURI

뭔가 조를 땐 밥을 먹으면서 신랑의 배를 채우고,
마주 앉아 눈을 맞추고 조리 있게 조르는데요…
"꼬마 백구야, 넌 뭐가 필요해서 그렇게 조르고 있니?"

이렇게 귀여우면 가진 모든 간식을 다 줄 것 같아요.

#순두부#민소희점#애교쟁이

67

자외선 98프로를 차단한다는 아내의 모자.
#무주#와인동굴#내칭구#조유리
2016년 5월 5일

⠇

나의 베프를 소개합니다

JAEWOO

오랜만에 '그녀'를 만난다면 활짝 웃어 주세요…
그리고 두 팔을 벌려 최대한 꽉 안아 주세요.
너무너무 보고 싶었다고.
그동안 미친 듯이 그리웠다고 말해 주세요.

– 험한꼴당하지않는법 – #중에서…

YURI

"나 요즘 만나는 사람 있어."
친구들과 술 한잔하며 말했어요.
지금은 그 사람이 남자 친구가 되고, 남편이 되었어요.

가끔은 친구들에게 흉도 보고, 자랑도 하고
나를 웃고 울게 했던 내 사랑의 전부인 사람과 함께
잠들고, 일어나는 나날들…

결혼을 함으로써,
부부라는 이름으로 함께 걸어야 하는
새로운 삶의 여행이 시작되었어요.
힘든 일까지도 함께 감내하고픈 유일한 사람…

#나는당신의애인#아내#동료#전우#그리고친구

68

집에 들어오자마자 등짝을 가격당했지만, 풋내기의 펀치라
주눅 들지 않았다…
#주말은#스스로#집안일을한다#그게바로#남자의길
2016년 6월 26일

.
.
.

주말, 집안일은 스스로

YURI

"집이 왜 이렇게 더러워, 좀 치우고 살자."
"청소는 내가 더 많이 하거든."
저희도 결혼 초에는 집안일로 토닥토닥하곤 했어요.

결국 청소기 돌리기와 설거지는 오빠,
요리와 빨래는 제가 하기로 나누었어요.

서로가 뭔가 맡은 일을 하고 있으면 반사적으로
내가 해야 하는 것을 찾아서 하는 거지요.

#청소기를들때#팔뚝에솟은핏줄에#내마음도심쿵

JAEWOO

유리야… 미안,
네 글 좀 바꿀게…
요리와 빨래는 유리, 그 밖의 모든 집안일은 오빠…

69

일하고 밤늦게 들어온 저를 위해 아내가 '김치찜'을 해
주었어요. 아내는 음식을 배워 가는 중이라 맛은 책임 못진
다고 했지만 정말 책임지지 않았어요… 하지만 제 마음만은
너무 행복했어요. 근데 가츠오부시는 왜 넣은 거니? 유난히
움직여서 눈에 거슬려…

#오늘은#마음만#받을게#그게바로#그냥빨간배추의길
2016년 9월 30일

⁝

오늘은 마음만 받을게

YURI

제가 늦게 들어오는 날이면 신랑이 밥을 준비하는데,
늘 소시지와 달걀만 가득해요.
햄과 콜라가 저녁상에 오르기도 한답니다.
둘 중 그나마 영양을 생각하는
제가 저녁을 차리는 게 낫답니다.

자~ 맛있는 찌개를 끓여 볼까요?

#된장찌개#김치찌개#청국장#3대찌개#끓일때마다#새로운맛!

JAEWOO

아마도 네가 과학자가 되었다면
뭔가 엄청난 걸 발명했을 거야…

#엄청난#실험정신

70

장모님과 아내의 언니 그리고 친구들이, 우린 유리의 음식
실력을 너무 잘 알고 있다며, 아내가 만든 요리에 이것저것 넣기
시작했어요… 아무래도 사공이 많아져서 배가 산으로 가게
생겼네요ㅜㅜ

#제발#산으로#가라
2016년 4월 2일

:

아내와 어벤저스

JAEWOO

#무능한선장은#배를침몰시키기도한다…

YURI

가족들이 모인다고 해서 이것저것 만들었는데,
제 요리를 맛보더니 뭔가 부족하다며 소금을 넣고,
시원하지 않다고 마늘을 넣고,
5인의 요리사가 홍합탕을 완성했습니다.

#맵고#짜고#오묘한맛의하모니

71

나몰라 패밀리 동생들과 함께 저녁 식사 중 경욱이가
"형, 집에서 밥 안 드세요?"라고 물어봤어요. 집에서
먹어… 먹는데…

#그게바로#안먹은게#나을수도있는#남자의길
2016년 9월 30일

:

괜찮다, 괜찮다, 다 괜찮다…

JAEWOO

아버지를 아버지라 부르지 못하고 ★홍길동
집밥을 집밥이라 부르지 못하고 ★김재우

YURI

사람마다 잘하는 것, 못하는 것이 있잖아요.
저한테는 요리가 잘 안 맞나 봐요.
요리도 집안일도 반복하면 좋아진다고 하는데
아직 내공이 부족해요.
신랑이 말로는 맛있다고 하는데 눈 속에 영혼이 없네요…

#사람들이#굶는줄알겠다!

72

날씨가 너무 더워요. 근래에 발견한 맛있는 팥빙수를 사 왔어요.
아내는 제가 먹는 거 한 입만 먹겠다고 해서 하나만 사 왔는데
저 멀리서 자기 밥숟가락을 들고 와요… 여보… 그거 되게
양아치들이 하는 짓이야.

#다가오는#기백이#한입에선#안끝나겠네
2016년 7월 24일

:

넌, 늘 정확해

JAEWOO

분명 모든 아이스크림에는
'가장 맛있는 부분'이 존재한다.
아내의 '한 입만'은 늘 정확히 그 부분을 노리고…
그럴 때마다 숟가락으로 내 심장이 파이는 느낌이다.

YURI

결혼 전에는 밥도 조심조심 먹고,
천천히 오래 먹던 요조숙녀였는데,
요즘에는 신랑이 다 먹어버릴까 봐 말도 없이,
맛있는 걸 흡입한답니다.

나도 모르게 제일 맛있는 부분을 찾아 먹다 보니
그가 한 말이 생각나네요…

#넌#밥먹을땐#내전우야

73

드디어 제게도 봄날이 왔어요… 오늘 처음으로 요리 학원에
다녀온 아내가 배운 음식은 바로 '수란'이에요… 아내는
메모지에 수란 만드는 방법을 빼곡히 적어 와 레시피 그대로
저에게 해 주었어요.
저도 수란을 처음 봐서 잘은 모르겠지만 아내가 만족해하니
기분이 좋아요…

#학원주소#줘봐#커피닮은휴지
2017년 5월 13일

⋮

이제는 수란이에요…

JAEWOO

하필이면 달걀이 이렇게 귀할 때 수란을 배웠니?

#난이제#수란씨노래도#못듣겠어

YURI

요리를 못하는 걸 깨닫고,
인정하는 데 3년이 걸렸어요.
예쁜 에이프런을 두르고
맛있는 음식을 만드는 꿈이 좌절되는 순간이었어요.

하얀 레이스가 달린 에이프런을 사서 열심히
순두부찌개를 끓였는데,
신랑은 영혼 없이 맛있다고 말하고는
다시는 숟가락을 대지 않았어요…

#다시는#떠먹지않던#순두부찌개

74

오늘은 아내가 자신만의 비법으로 비빔면을 해 주었어요.
아내는 손맛이 중요하다며 손으로 쓱쓱 싹싹 비벼 돌돌 말아
제 입에 넣어 주었어요. '더 페이스샵' 맛이 났어요…

#비빔면틈에서#자신의향기를#잃지않는것#그게바로#더
페이스샵의길

2016년 8월 1일

:

비빔국수에서 향기가 나요

JAEWOO

예전 나몰라 패밀리 활동 시절,
저를 픽업 온 매니저 동생이
'The Face shop' 앞에서 전화를 했어요.
"형님 저 지금 '빠세샵' 앞입니다."라고 한 적이
있는데⋯

#잘살고있니?

YURI

방학 때 일주일 내내 비빔국수만 먹었던 기억이 나네요.
집순이가 되어서 바닥을 뒹굴며
국수 2개를 비벼 먹으면 세상 행복했는데⋯
지금도 가끔 신랑과 그때를 추억해요.

#2인#비빔국수4개

75

분리수거 날, 아내가 사진을 찍어 준 뒤 따라 탈 줄 알았어요…
#세미양아치#그게바로#주부9단의길#gorani eye
2016년 11월 16일

:

그게 바로 주부 9단의 길

JAEWOO

서기 2052년…
인류는 비약적인 발전을 이룩하고
인공지능 기술이 극에 달해…

#분리수거#로봇을#개발하게 되는데…

YURI

충전은 강황으로 하면 되나요?

#모델넘버#강황39호

76

초딩 입맛인 저를 위해 아내가 스파게티를 해 주었어요. 조금 많아 보였지만 2분 만에 끝났어요. 전 유독 국수류에 강세를 보여요. 아내가 자기 것은 어디 있냐고 물어요. 훗… 또 사고 친 건가…

#다음부턴#한접시에#담지마#오해했잖아

2016년 7월 16일

:

주말엔 내가 요리사

JAEWOO

그릇 욕심이 많은 여자는
요리 욕심도 많다는 이야기를 들은 적이 있어요.
우리 집엔 아내가 수집한 고풍스러운
유럽 그릇들이 있는데요…
전 거기에다 뭘 먹은 거죠?

YURI

결혼 전에 늘 생각했어요.
'내가 마음먹고 요리만 해 봐라 난리 날걸?'
결혼했는데 진짜 난리가 났어요…
맛이 없는 게 아니라 새로운 요리가 창작됐답니다.
엄마처럼 '뚝딱' 하고 맛있는 음식이
금방 만들어지는 줄 알았는데…
그래도 스파게티와 카레는 자신이 있어요!

신랑이 하나도 남기지 않고
맛있게 먹는 얼굴을 보면 행복해집니다.
그래서 계속 만들게 되나 봐요.

#주말엔내가#스파게티요리사!

77

아내가 늘 건강하고 행복하게 해 달라고 기도했어요… 지금
쓴 글 덕에 전 오늘 저녁 고기를 먹을 수 있을 거 같아요…

#세줄의#글로#반찬을#바꾼다#그게바로#남자의길

2016년 7월 4일

:

너에게 좋은 말만 하고 싶어

JAEWOO

보고 싶지 않으면 눈을 감으면 되는데
귀는 늘 열려 있잖아.
좋은 말을 많이 하려 해.
좋은 말도 많이 들으려 해.
특히 너에게만은 좋은 말만 하고 싶어.

#그리고#좋은음식도#많이먹고싶어

YURI

신랑은 말투는 거칠지만 문자를 보낼 때나,
단 둘이 있으면 참 말을 예쁘게 해요.
누구한테 배운 거지?

#그건바로#나야나!

78

자세히 보니 액자처럼 나왔어요. 늘 그렇듯 투박하고 촌스럽게.
재미나게 살자고 약속했어요. 내년엔 저 안에 아내를 닮은
건강한 꼬맹이도 하나 있었음 좋겠어요. 제 꼬붕 삼게요…

#그런의미로#룸서비스를제안#하지만#현재#CU
2016년 8월 6일

:

언젠가 우리 곁으로도 오겠죠

JAEWOO

장담하건데, 넌 좋은 엄마가 될 수 있을 거야.
이미 삼찝구짤 큰 애기를 키우고 있으니…

#삼찝구짤#베이비

YURI

신랑을 닮은 용감한 아들이어도 좋아요.
어여쁜 딸이어서 아빠에게 사랑을 두 배로 줘도 좋아요.
철없고 겁 많은 나는 늘,
'내가 좋은 엄마가 될 수 있을까?'
고민을 많이 했는데, 좋은 사람이 늘 옆을 지켜 주니까,
나를 든든히 지지해 주니까, 용기가 납니다.

나와 당신의 조각이 담긴 아이라면,
어떠한 모습으로 태어나도 행복할 수 있어요.

#나와#당신의#조각

#6
찬란하고 노오란 카레 로드

79

일요일… 아내가 직접 만든 카레…
근데 여보… 나 초등학교 2학년 때 이거보다 많이 먹었어
#먹스타#아내카레#세숟가락#끝
2016년 5월 15일

⁝

카레 로드의 서막

YURI

결혼 전
"오빠는 어떤 음식을 제일 좋아해요?"
하고 물었더니 "카레!"라고
큰 소리로 대답했어요.
찬란하고 노오란 카레 로드의 시작이네요.

#오빠의소원을이뤄준#나는램프의요정

JAEWOO

7년 전… 내 몹쓸 혀가 한 실수…

#올드보이 #카레편

오늘 저녁은 제가 가장 좋아하는 아내가 만든 카레예요…
제 아내는 요리를 참 잘해요! 카레도 잘하고… 또… 음…
음… 전 왜 사진이 카레 사진뿐이지요?

#올드보이#카레편
2016년 7월 8일

:

카레의 마에스트로

YURI

한 솥 가득히
카레를 만들고 나면
마음이 든든해요,

천군만마를 얻은
유비가 된 심정이지만

신랑은 왜
나라 잃은 장수의
얼굴을 하고 있죠?

#동서양카레전설

JAEWOO

국자를 젓는 속도감이 최고점에 다다르면…
어느새 부엌은 고요해지고
그녀는 카레를 지배하는 마에스트로가 되지…

#부엌의#마에스트로

81

결혼 전 아내가 "오빠는 무슨 음식을 가장 좋아해요?"라고
물어봤을 때 '카레'라고 대답했어요.
#이제#그만하자#곧있으면#인도말#하겠어#그게바로#달심의길
아… 강황이 없어져야 끝나는 싸움인가…
2016년 8월 22일

⋮

끝없는 싸움

YURI

저 하얀 쌀밥은
많은 분의 추리대로
즉석 밥이 맞아요.

카레를 매일 만드는 건 아닌데…
아마 한 번 만들면
오래 먹을 수 있어서 그런가 봐요.

그래도 중화풍, 매운맛, 담백한 맛,
인도의 혼, 일본식 카레…
돌아가면서 해 줘요.

#인도에가면#수많은종류가있다던데…

JAEWOO

집을 보러 온 노부부께서 현관문을 열자마자
"오호 이 집 오늘 저녁 카레인가 봐~"라고 했어요.
아직 저녁 안 했는데… 카레 안 한 지도 꽤 됐는데…
뱄구나…

82

태어나서 단 한 번도 난 괜찮은 사람이라고 생각한 적이 없지만,
너같이 좋은 사람이 날 아껴 주는 거 보면…
나도 어쩌면 괜찮은 사람일 수도 있겠다는 생각이 들어…
오늘도 열심히 일해서 빵꾸 난 통장을 채우자! 힘내!

#아부글#그게바로#외식으로가는길
2016년 9월 6일

:

외식으로 가는 길

YURI

우리 신랑은 심성이 곱고
착한 사람이에요.
단지 표현과 말투가 너무 투박하고 강해서
자주 오해를 받아요.

친절한 분께는 말도 예쁘게 하고
뭐든 퍼 주려고 해서 곤란하기까지 한데,
공격적이거나 너무 예의 없이 다가오는 분께는
더 심하게 맞받아쳐서 곤란한 적이 한두 번이 아니에요.
눈으로 레이저를 쏘기도 한답니다.

그렇지만 지인들에게는 한없이 약해서 별명이⋯
'연남동 바보형'이에요.

제가 우리 바보형 괴롭힘당하지 않게
지켜줘야겠어요.

#강한자에게는강하고#약한자에게는한없이약한#바보형

JAEWOO

길을 걷다⋯ 일을 하다⋯ 밥을 먹으러 가서도⋯
정신을 차리면 어느새 내 주머니엔 카레가 들어 있어요.
가방 속에도, 봉지 안에도⋯
왜 저에게 카레를 주고 가시는 거죠?

#누구시죠?#절아세요?#아내가보냈나요?

82

मुझे करी पसंद है

#I Like Curry
2016년 9월 6일

:

나는 카레를 좋아합니다

YURI

외식 좀 하자고 하길래,
우리 부부의 7년째 단골 식당인
동대문 카레 집에 왔어요.
이곳은 모든 것이 현지식이에요.

처음 데이트할 때 오빠를 데리고 왔는데,
너무 맛있다고 일주일에 두서너 번은 왔어요.
신랑은 한번 빠지면 거기만 가거든요.
오랜만에 그곳에 데리고 갔어요.
행복해하고 있는 거겠죠?

#나는카레를좋아합니다#현지언어의길

JAEWOO

난 누군가⋯ 또 여긴 어딘가⋯

8/1

아내가 그러는 건 참아도 니들이 이러는 건 안 참을 거야.
나한테 장난치지 마!
나 너희들이 생각하는 거보다 많이 힘들어.

#나몰라패밀리
2016년 9월 12일

:

까다로운 입맛

YURI

강황은 암 예방에도 좋고
다이어트에도 좋은
황금 푸드라고 해요.

카레를 먹고 몸이 더 좋아진 것 같은데,
자꾸 밖에서 카레를 선물받아 와요.

저는 선물하신 분들께 감사의 마음을 담아
더 맛있게 끓이려 노력해요.

그런데 장환 씨,
오빠는 중화풍 카레를 좋아해요.

#그맛이#아니라고요

JAEWOO

둘 다… 아니야!!!

85

청소기 돌리고 걸레질하고 설거지 끝났어… 운동 다녀오면
대게 쪄주기로 한 약속 지켰음 좋겠어…
또 돈 없다는 핑계대면 나 진짜 하루 말 안 할 거야…
빨리 일어나…
댓글에 '대게 카레'라는 표현 자제해 주셨으면 좋겠어요.
아내가 웃기려고 그거 할 수도 있어요… 진심으로…
2016년 9월 16일

:

카레 탈출기

YURI

퇴근하고 집에 돌아가면
설거지했다고, 청소기도 돌렸다고,
칭찬을 바라는 눈빛의
우리 집 똥강아지.

서툰 솜씨라
그릇도 깨고
구석구석 고양이 털이 숨어 있지만

내가 피곤할까 봐 마음 써 준 거
다 알아요.

오늘은 좋아하는 것을 먹으러 가 볼까요?

#요리하기귀찮아서#그런거아님

JAEWOO

아내가 가끔 너무 피곤하면 침대에 등을
기대앉아 잠들 때가 있어요.
'아이구… 얼마나 피곤하면 저렇게 잠이 들까?' 하는
생각에 안쓰럽게 바라보다 저도 잠이 들어요.
아침까지 앉아 있는 아내가 신기해 그걸 지켜보는 게
요즘 내 취미 중 하나예요.

86

아이참… 표정 관리가 안 돼요…

#해피엔딩
2016년 9월 16일

:

그게 바로 외식의 길

JAEWOO

오늘은 아내를 기다리며, 설거지도 하고 고양이
화장실도 치우고, 빨래도 예쁘게 개어 놨어요.
이런 날에는 티를 팍팍 내야 해요.
아내가 잔뜩 나를 칭찬하게 내버려 둔 뒤 배고픔을
강력하게 표현하면…

#오늘의#목표달성

YURI

갑각류 알레르기가 있으면서도
대게를 정말 좋아하는 우리 신랑.

푹 쪄서 먹으면 괜찮다고
대게 집으로 저를 데리고 가길래
큰맘 먹고 쏘기로 했어요.

저렇게 좋아할 줄 알았으면
진작 올걸…

#아저씨#푹삶아주세요

87

아내와 함께 창경궁에 왔어요… 왕만 걸을 수 있는 길을
귀족답게 걷다가 보란 듯이 아내를 끌고 함께 자빠졌어요…
아무래도 전 전생에 왕가의 딸을 꼬셔 달아난 '강황'을
재배하는 소작농의 아들이었나 봐요…
#마님#오래전부터#사모했구먼유#그게바로#우당쇠의길
2016년 9월 18일

:
강황 재배 소작농 우당쇠와 마님

YURI

영화 〈번지점프를 하다〉를 보고
신랑에게 물었어요.

"다시 태어났는데 서로의 성별이 같다면
그래도 서로 사랑에 빠질 수 있을까?"
신랑은 한참을 고민하더니

"죽마고우가 되는 건 어때?
헤어지는 일 없이 함께 있을 수 있잖아."
라고 하더라고요.

#내가원하던#대답은아닌데#묘하게#맞는것같기도…

JAEWOO

만약 우리가 조선 시대에 만났다면
이 사랑이 이루어졌을까?

그땐 신분 제도가 있었잖아.
하긴… 난 그때도 너그러운 양반이었을 테니
우린… 만났겠다.

88

아이참~ 책장인 줄
알았네ㅋㅋㅋㅋㅋㅋㅋㅋㅋㅋㅋㅋㅋㅋㅋㅋㅋㅋㅋㅋㅋ

#국가별로#정리를#해놓는것#그게바로#세계카레전집의길
#지옥의문

2016년 10월 23일

:

카레 도서관

JAEWOO

카레 공인 1급 자격증을 준비 중인 학생입니다.
합격률 높은 카레 자격증 책 좀 추천해 주세요.
합격하면 바로 황금길 시작이에요!

#카레마스터의길

YURI

자꾸 집에 카레를 가져와요.
오다 주웠다고 하는데 그렇다고 하기엔
양도 많고 종류도 다양하네요.

카레 요정들이 주시는 걸까요?

#카레도서관#카레요정들의출근

80

고마워 유리야, 그리고 동생들아…
2016년 10월 25일

⋮

내 사람들, 그리고 여행

YURI

신랑이 늘 너무 미안하고 고마운 동생들이라고 얘기하는
나몰라 패밀리 맴버분들이에요.
오랜만에 동생들이랑 여행한다고
어린아이처럼 즐겁게 짐을 싸네요.

일주일 동안 혼자 있어도 무섭지 않겠냐고
묻는 그에게 제 걱정일랑 조금도 하지 말고
동생들과 즐겁게 다녀오라고 했어요.

그동안 못한 이야기 나누고 좋은 추억 만들고 돌아와요~

#휴가#자유#월~금약속잡기

JAEWOO

어릴 적엔 선물이라고는 생일빵이 다였던 이 녀석들이
30대가 되니 비행기 티켓을 선물해 주었어요.
말도 안 될 정도로 일만 해서 20대 시절을 통으로
날려버린 우리 나몰라 패밀리이지만,
이제야 이 녀석들과 좋은 시간을 보낼 수 있을 것
같아요… 고마워 얘들아!

#나몰라패밀리

_90_

여보… 이곳은 날씨도 참 좋고 사람들도 참 좋아… 음식 빼고…
2016년 10월 27일

다 좋아, 음식 빼고…

JAEWOO

전쟁의 서막. 황금빛 카레들이 난무하는 이곳은 인디아!

**#7일간의전쟁#과연살아남을수있을것인가?#saveme#나의카레
여왕이여…**

YURI

신랑이랑 한참 동안 연락이 안 되다가
이튿날 새벽, 글 없이 사진 한 장이 도착했어요.

#카레왕국으로의초대

91

세상을 떠난 왕비를 위해 지었다는 타지마할. 왜 이렇게
아름다운지 이해가 돼.
2016년 10월 29일

:

나를 찾는 여행

JAEWOO

"오빠는 분명 예전처럼 다시 일할 수 있을 거예요.
그리고 그때가 오면 우리같이 좋은 일도 많이 하고
살아요.
그러니까 그때까지는 이왕 쉬는 거 정말 쉬는 거 같이
신나게 쉬어 봐요…"
5개월 전 아무 일도 없이 집에서 멍하니 앉아만 있던
제게 아내가 해 준 말입니다.

인도 여행 내내 떠오르는 말… 보고 싶다… 빨리 갈게.

#인도#타지마할#스카이스캐너

YURI

신랑은 신나고 가슴 뛰는 일을 하고 있지만,
상처받기 쉬운 환경이라 공격을 받을 때면
한없이 작아져요.
세상의 모든 일이 그렇듯 인내심과 버티기가 필요한데,
그것보다도 정신력이 가장 중요한 직업이라는
생각이 들어요.

신랑은 일이 잘 안 될 때마다
입버릇처럼 "운 7 기 30이야."라는 말을 되뇌곤 해요.
어떤 일을 진행할 때든 운이 따라 줘야 하고,
기가 꺾이지 않아야 잘된다는 뜻이라고 해요.

제가 우리 신랑 입맛은 버려 놨지만,
기만큼은 팍팍 살려 주려고요.

#당신인생의#MSG

92

어디든 함께 갈 수 있는 친구가 있다는 건 세상에서 가장 값진
것이지만 그게 너희는 아니야…

#그게바로#강황원정대의길

2016년 10월 30일

:

출발 강황 원정대

YURI

오빠는 나몰라 패밀리 동생들에 대한
이야기를 자주 해 줘요.
함께 행사를 다니다가 겪은 에피소드나
재미난 추억 이야기를 듣다 보면
이렇게 유쾌한 친구들과 20대를 함께 보냈다는 게
너무 부러워요.

#힘들때#좋을때#함께한친구들

JAEWOO

혼자 외롭다고 느껴질 때
이 녀석들 틈바구니에 껴 있으면,
내가 무엇을 할 때 재미있고 행복한지 느낄 수 있다.

93

아 몰라!… 친구들한테 맛있는 거 많이 한다고 했단 말이야…
2017년 1월 30일

:

행복한 집들이

YURI

신랑이 사랑하는 동생들이에요.
다들 개성이 강하지만 너무 착하답니다.
신랑 기를 살려 주려고 최선을 다해
맛있는 카레와 카레 돈가스를 만들었어요.
다들 궁금하다고 하기도 하고
가장 자신 있는 음식이기도 해서…

그래도 자취하는 친구들은 맛있다고 하던데… 쩝…

#하얗게불태웠다#카레의혼

JAEWOO

집들이 이후, 집에 오는 손님들이
먹을 것을 싸 오기 시작했다…

#누가소문낸거니?

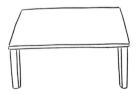

9/1

대청소가 끝나고 아내에게 "우리 짜장면 시켜 먹을까?"라고
물어봤는데 아내가 부엌에서 감자와 당근을 '깍둑썰기' 하고
있어요… 아… 최악의 전개…
혹시 강황 공장 아시는 분?
#깍둑썰기로#미래를#보는것#그게바로#답정카의길
2016년 10월 3일

⋮

답정카의 길

YURI

주말은 둘만의 대청소 날이에요.
청소기를 돌리면 도망 다니는
고양이들을 검거해서 베란다로 보내고,
구석구석 치우다 보면 기분이 상쾌해져요.
왜 집안일은 끝이 없고,
해도 티가 안 나지만 안 하면 엄청 티가 나는 걸까요?

오늘은 고양이도 씻기고 고양이 화장실도 치우고,
분리수거에 앞장선 우리 낭군님을 위해서
요리를 해 봐야겠어요.

#깍둑썰기#상상그이상

JAEWOO

유리가 감자를 살 때, 깍둑썰기를 시작할 때,
뭔가를 볶을 때… 불길한 예감이 들며
등줄기에 식은땀이 쭉 나요.

95

유리야… 어디 먼데가?…

#강황장애
2017년 4월 14일

:

남편의 건강을 책임지는, 아내의 길

YURI

1박 2일, 잠깐 집을 비우지만,
신랑의 건강은 챙겨 줘야죠?
사골국도 끓일 줄 모르는 초보 주부라서
냄비에는 한 솥 가득 카레를,
밥솥은 강황 밥을 채워 놓았어요.
5끼는 든든하겠죠?

#언젠가는나도#사골국을…

JAEWOO

전… 한식이 좋아요. 누가 유리에게 얘기해 주세요.

#전#뼛속까지#한국사람이니까요

96

많은 인원은 아니지만, 저에게도 '일당백' 하는 팬클럽이
있어요… "얘들아… 선물 잘 받았어… 아 참! 그리고 너흰
걸리면 뒤졌어…"

#팬과#안티의#사이#그게바로#팬티의길
2016년 10월 14일

⋮

팬티의 길

YURI

시간이 지나도 항상 응원해 주시는
멋진 팬들이 있어서 오빠는 좋겠어요!
항상 그분들이 있어, 힘이 난다고 합니다.

저 티셔츠를 선물하신 분은 센스가 엄청난 분이에요.
어쩜 오빠가 추구하는 모습을 심장에 박아 넣으신 건지…
저는 따라갈 수도 없겠네요.

제가 오랫동안 지켜봐서 아는데
저 표정은 쑥스러워서 그런 거지
절대 싫어하는 표정이 아니에요.

#팬분들도#닮아간다

JAEWOO

저는 이 녀석들이 결혼하거나 중요한 행사가 있을 때
저 티셔츠를 입고
꼭 참석할 겁니다.

#늬들이만든#작품을#느껴봐

97

친구들과 영화를 보고 늦게 들어온 아내가 자고 있던 저를
느닷없이 깨워 밥을 차려 주었어요… 아내가 처음 도전한
'갈비찜'이에요!!
참 맛있어 보이죠?… 요리 실력이 조금씩 늘어 가는 아내가
참 사랑스러워요…

#카레는#맛있는#음식이었다#그게바로#검은고기의길
2016년 10월 20일

:

머나먼 요리의 길

JAEWOO

결혼을 앞둔 생일날,
아내가 건강 돌솥밥을 해 주었는데, 그냥 돌밥이
되었어요. 그때 아내는 우리 집에 있는 냄비와 조리
도구가 손에 익지 않아서 그렇다고 해서, 딱딱했지만
맛있게 다 먹었어요.

#유리야#조리도구의#문제가아니잖아!

YURI

요리의 길은 멀고도 험하네요.
결혼하게 되면 인터넷 레시피의 힘을 얻어서
맛있는 요리를 마법처럼 뚝딱해 낼 수 있다고
착각했어요.

신선한 재료를 고르는 것부터, 끓이는 시간,
요리의 생명인 간을 잡는 것까지
초보 주부에게는 너무 어렵기만 하네요.
한 가지 요리를 만드는 데 1시간이 넘게 걸리다 보니
지치기도 해요.

아침, 점심, 저녁을 챙겨 주셨던 엄마.
지금 생각해 보니 매일매일 맛있고
영양가 넘치는 식사를
사랑의 힘으로 챙겨 주셨던 거군요.

#어머니는위대하다#요리는#이유식부터

98

퇴근길 배가 고파 아내에게 전화했네
뭐 먹을까 들뜬 마음 아내에게 물어봤네

언제나 내 아내는
냉장고에 카레 있어…

물은 내가 바보였네
내 아내는 카레이써…

ㅈㄹ 빠른 카레이써
내 아내는 카레이써

우리 집엔 카레이써
밥 없어도 카렌이써
#내#대장안에도#카레이써
2017년 6월 6일

카레이써

YURI

처음 만났을 때 오빠는
듬직하고 멋진 어른이었어요.
결혼한 지금은
초등학교 5학년이에요.

알 건 다 아는데,
하기 싫어서 잔꾀도 쓰고
귀찮다는 표현을 적극적으로 하는
초등학교 고학년.

그래도 창의력은
5학년생처럼 매일 샘솟는답니다.

오늘의 시는 운율을 중시했네요.

#제점수는요…

99

진짜 궁금해서 그러는데 생일날 뭐 먹고 싶냐고 왜 물어봤어?…

#답정카

2017년 10월 15일

:

강황빛 인생

YURI

둘 다 너무 좋아하는 고소하고 향긋한 카레.
맛도 좋고 만들기도 어렵지 않은 주부 1단의 친구.
신랑이 처음으로 '너무 맛있다'라는
소리를 했던 음식이 카레라서 자주 하게 되었는데,
이런 상황이 벌어질 줄은 상상도 못했답니다.
사랑하는 사람의 입에서 맛있다는 소리를
자주 듣고 싶어서 많이 한 건지도 몰라요.

당신이 내가 해 준 요리를 먹을 때
'맛있어!'라고 해 주는 한마디면 정말 행복해지거든요.
그래서 당분간 함께 강황의 길을 걸어가 보려고 해요.

#당신의#황금빛길#찬란하게#빛나기를…

JAEWOO

처음 아내는 스파게티를 만들어 줬어요.
낙지 볶음밥도 순두부찌개도 고추장 볶음, 장조림도
맛있었어요. 사실 밖에서 사 먹는 것처럼 자극적이고
맛있지는 않지만, 그 조그만 손으로 꼬물꼬물 뭔가를
만드는 것을 보면 이 아이를 위해서 뭐든지 해야 할 것
같은 기분이 듭니다.
카레는 정말 맛있어요. 뭔가 정체불명의 것들이 많이
들어간 유리표 창작 카레지만 제가 정말 맛있다고
표현한 첫 번째 요리였던 것 같습니다.

#항상#고마워#정말로맛있어

#7

늘 곁에 있어 줘서 고마워요

100

도란도란 이야기하며 걷다 보면 어느새 끝나버리는 아저씨
아줌마의 불토지만, 비닐봉지 하나 들고 동네 이곳저곳
다니며 골목 사이에서 싸우는 연인들을 구경하는 재미는
너무나 쏠쏠해요…

#그게바로#미어캣들의길
2017년 5월 27일

⋮

함께만 있어 준다면

JAEWOO

우리는…
심술궂은 마포구의 악당 커플

#길가던#사람들#다#커플로만들어버리겠다!

YURI

함께만 있어 준다면
진짜 나를 보고도
말 없이 안아 주는 사람과
함께 있을 수 있다면
자존심 다 버리고
무엇이든지 할 수 있는 게 우리, 사람인가 봐요.

#사람#종족특성

101

체중계 위에 올라간 아내가 무언가를 보고 흠칫하더니 주변을
한 번 살피고는 러닝머신에 올라가 미친 사람처럼 달렸어요…
#네가#뭘봤는지알아#난널#자주#업어주니까
2017년 4월 5일

열 발 멀어질 뻔했어요

JAEWOO

체중계에 발을 살짝 올리고 '흠칫' 놀라는
아내의 뒤에서
"아직 한 발 남았다."라고 했다가
우리 사이는 열 발 멀어질 뻔했어요…

YURI

아픈 날도, 일이 늦게 끝난 날도
꼭 운동하러 가는 신랑.
저도 함께 하기로 마음먹었어요.
첫날은 너무 힘들었는데,
일주일 지나니 좀 가뿐해졌어요.

뭐든 하려면 체력이 먼저라고 하는데,
일을 열심히 하는 것도,
신랑에게 맛있는 음식을 해 주는 것도
뭐든 체력이 받쳐 줘야 할 수 있는 거더라고요.

#운동할때#자세나쁘다고#혼내지마#사람들다나가잖아…

102

이번 부부 싸움에서는 기선 제압을 해야겠다는 생각에 "코딱지만
한 게 까불고 있어."라고 했더니, "조용해요. 오빠 코로 들어가서
한숨 자고 나오기 전에!"라고 했어요. 처음 들어 보는 말이라
당황은 했는데 막 겁먹거나 그러지는 않았어요…

#그게바로#KODDAK여인의길
2016년 12월 10일

⋮

예쁜 말만 하고 살아요

JAEWOO

눈에 넣어도 아프지 않다던 엄마의 말처럼
널 코에 넣는다 해도
난 하나도 아프지 않아…
널 위해 코털을 깎아 놓을게.
힘이 들 땐 쉬어 가렴.

YURI

말로 입은 상처는 몸의 상처보다 아프고도 깊어서,
싸울 때 비속어와 상대의 마음을 후벼 파는 소리는
하지 말자고 다짐했죠.

순간을 참지 못해 소릴 질렀다가 나중에 미안하다,
내가 심했다는 말을 하는 것도, 듣는 것도 싫었거든요.

참으로 어려워요.
감정이 격앙되는 순간, 내 입을 멈추는 것은…

#예쁜말만#하고살아요

103

무서워서 잠이 안 온다는 아내의 전화에 일이 끝나자마자
부리나케 들어왔어요…
#가구#옮기는#소리를내며#코를고는것#그게바로#장비의길
백제 장수가 자고 있는 줄 알았네요…
2016년 10월 11일

:

우리 집이라고 쓰고, 편안한 안식처라 읽어요

JAEWOO

너의 코 고는 소리보다 훨씬 작은 알람 소리를
듣고 아침 일찍 일어나는 네가 너무 신기해…

YURI

가끔은 신랑이 오는지도 모르고
세상모르고 잘 때가 있어요.
결혼 초에는 신랑이 들어오지 않으면 잠도 못 이루고,
'도둑이 들면 어떡하지?' 이런저런 생각에
신랑에게 "일찍 들어와~" 하고 조르곤 했죠.

요즘에는 제가 피곤하면 배를 내놓고,
코를 드릉드릉 골면서 잔다고 해요.

그와 함께 하는 집이 너무 편해졌어요.

#우리집#이라고부를수있는장소

104

염색해 주며 "오빠 이 염색약은 방귀 냄새가 유독 심해요."라는
아내의 말에 '무색무취'라고 쓰여 있는 염색약 상자를 살짝 뒤로
돌렸어요…

#여보#모르고말으면#약이야#그게바로#소리없이강한자의길
2016년 8월 28일

:

알콩달콩 일상

JAEWOO

소리는 사랑하지만,
냄새는 사랑하지 않는 그녀를 위한 배려…

YURI

늘 블라우스에 스커트를 입던 저인데,
신랑을 만나고 티셔츠에 청바지가 편해졌어요.
미용실에 잘 가지 않는 우리는
서로의 머리를 만져 주곤 해요.
신랑 뒷머리 염색은 내가,
제 뒤통수 볼륨 고데기는 신랑이,
서로 더 잘한다고 뽐내곤 하죠.

#자꾸#본인의스타일대로#서로를바꿔가네요

105

왕자는 독 사과를 먹고 잠이 든 백설공주를 입맞춤으로
깨우지만 패션테러리스트는 어떻게 깨우나요?…
#그게바로#잠자는#숲속의#패션테러리스트의길
저 바지는 내가 내일 버린다 진짜…
2017년 3월 31일

⋮

잠자는 숲속의 테러리스트

JAEWOO

연애 시절 아내는 늘 흰 블라우스에
예쁜 스커트를 입고
데이트에 나왔어요. 늘 그렇게 빈틈없는 스타일로…
군인으로 표현한다면
마치 군기가 바짝 든 이등병 같은데…

#지금은#말년병장이네…

YURI

개구쟁이인 신랑이 좋아요.
친구들 앞에서 체면이고 나이고 다 벗어던지고
망가짐의 미학을 보여 주는
이 덩치만 큰 철없는 형님은

그들의 웃음소리를 먹고 사는
개그 몬스터인가 봅니다.

내가 "철 좀 들어!"라고 하면

"내가 철이 들 때는 은퇴하는 날이야!"라고
맞받아치네요.

#노병은늙지않는다#장난꾸러기

106

감기에 걸렸지만, 오늘도 출근하는 아내를 데려다주었어요. 차에서 내리는 아내가 감기에서 빨리 나으라며 뽀뽀를 해 주었지만 입술을 말아 넣은 상태로 해 주었어요… 여보, 나 쪼금 실망이야…

#할수없이#인중에다#뽀뽀함#그게바로#세미양아치의길
2016년 11월 2일

:

진심은 그게 아니에요

JAEWOO

일교차가 큰 환절기에는
아내의 입술 차이도 크네요…

YURI

내가 아픈 신랑의 인중에 뽀뽀를 하는 이유는
우리는 2인 1조라, 한 명이 쓰러지면
남은 한 명이 둘러업고
뛰어야 하기 때문이에요.

#지저분해보여서#안하는거아님#인중키스

107

나가려고 하면 티셔츠를 바꿔 입고, 나가려고 하면 눈에 뭐 바르고 있고, 나가려고 하면 화장실에 들어가고… 외출 전 여자들의 "5분만!"은 55분…

#그게바로#시간을달리는아내의길

2017년 4월 30일

:

시간을 달리는 아내의 길

JAEWOO

여자들의 풀 세팅은
시간을 거슬러 5년 전 오늘의 아내를 만나게 해 준다.
고마워…
풀 세팅아…

YURI

조급증 대회가 열리면
신랑은 1급 자격증을 딸 거예요.
그것도 수석 합격으로…
성격 급한 신랑 때문에 너무 힘들어요.
뭔가를 부탁한 다음에
"5분 뒤에 할게."라고 했는데 1분 간격으로
"했어?", "했지?" 물어보는 불치병을 앓고 있어요.

"여자는 준비하는 데 시간이 오래 걸린다니까요!
봐요, 급하게 나오는 바람에
제일 중요한 걸 두고 나왔잖아요."

좋아하는 핸드폰 게임이라도 하면서 평정심을 찾아요!
정말 중요한 자리에는 절대 늦지 않을게요.
밥 먹으러 갈 때 보채지 마세요.

#배고프면#심각해지는#조급증

108

서랍에서 몇 년 전 아내에게 받은 편지를 찾았어요. 그 안에는 저를 위한 아내의 약속들이 깨알같이 적혀 있었어요. 구라는 남자만 치는 게 아니었어요…

#멍충이…

2016년 8월 24일

:

흰곰과 불곰

JAEWOO

당신이 나에게 가장 많이 한 거짓말,
"이거만 먹고 내일부터 다이어트할 거야～"

YURI

결혼 준비하며 다이어트를 성공했는데,
결혼 후 1년 뒤…

우리는 둘이 합쳐 12kg이 쪘어요.
사진을 찍었더니 흰곰과 불곰이 있더라고요.
매일 저녁에 맛있는 것만 찾아 먹었더니…
충격받은 우리는 바로 운동을 시작했어요.

#정확히+6kg씩#현재#신랑만성공…

109

단절……

#그게바로#쿨쌩의길#뭐이런경우가의길

2016년 11월 29일

⁝

웃어 줬더니 2부 시작

JAEWOO

가끔 저는 여학생들에게 인기가 참 많았던
제 고등학교 시절을 아내에게 이야기해 주는데요,
제가 아내에게 그 이야기를 하는 이유는…
굳이 아무도 물어보지 않기 때문이에요.

. YURI

학생 때 늘 정의의 편이었다는 이야기,
군대 때 태권도 조교여서 포상 휴가를 받은 이야기,
동네에서 제일 예쁜 아가씨가 고백한 이야기…
검증되지 않는 이야기들이 한가득이지만
신랑이 콧구멍까지 커지면서 무용담을 이야기하면
저도 덩달아 신이 나요.

#웃어줬더니#2부시작#남앞에서는#절대얘기하지말아요!

110

단절…
2017년 7월 28일

:

내 이름을 자주 불러 주세요

JAEWOO

#curry365

YURI

이름을 불러 주는 신랑의 목소리가 들려요.
신랑의 목소리에 향기가 있다면
아마 달콤한 내음일 거예요.

나를 불러주면
내 이름이 좋아지고 속이 간질간질하니 달달해지거든요.

내 이름을 자주 불러 주세요.
저는 단 음식을 아주 좋아해요.

#내이름#조유리#가끔은#쪼율

111

부부 싸움 열 번 끝에 다시 칠하는 현관… 얘랑은 다신
인테리어에 대해서 얘기도 안 할 거예요. 얘, 진짜 구린
스타일이에요…

#머리치워#내인스타그램이야

:

그레이보다는 아이보리…

JAEWOO

새하얀 집에 살면
나도 모르게 조심하게 돼.
'혹시나 나 때문에 하얀 벽이 더러워지진 않을까?'

처음 널 만났을 때도
'혹여 나 때문에 네가 때 타지 않을까?'
하지만 살아 보니
넌 화이트는 아니고…

#그레이정도…?

YURI

오빠 친구들이 가끔 이런 질문을 한대요.
"너희 와이프는 어떤 사람이야?"
그럼 신랑은
"깨끗해. 깨끗한 사람이야."라고 한대요.
깨끗하다는 의미를 정확히 모르겠지만,
그가 보는 나는 그런 사람이라서
사실 으쓱하기도 하고, 부담스럽기도 해요.

저는 나쁜 구석도 많이 있고,
신랑에게 못되게 굴 때도 있는데,
그에게는 계속 그런 사람으로
남고 싶어서 노력하게 돼요.

#그레이보다는…#아이보리이고싶다…

112

오늘은 우리 부부가 가장 좋아하는 김치찌개를 포장했어요.
빨리 먹고 싶은 마음에 저와 아내는 정신없이 뛰었고 잘
따라오는가 싶더니 어느새 뒤처진 아내는, "오빠… 먼저 가요.
먼저 가서 끓여 줘요."라고 했어요… 이거 전쟁 영화인가요?

#어떻게든먼저가서#찌개를끓인다#그게바로#조유리일병먹이기
2016년 11월 14일

:

김 병장님, 전 여기까지입니다

JAEWOO

유리: 김 병장님! 전 여기까지입니다! 먼저…
　　　먼저 가십시오! 전 어떻게든 돌아가겠습니다.

재우: 그래. 살아서 식탁 앞에서 다시 만나자, 전우여…

YURI

저는 밥을 잘 먹는 사람입니다. 못 먹는 음식도 없지요.

단 하나,
생선 뼈를 잘 못 골라요.
그래서 생선을 먹을 때만큼은 여왕이 돼요.
허겁지겁 밥 먹느라 바쁘던 신랑이
이때만큼은 고양이보다 더 빠르게 생선 뼈를 골라서
통통한 뱃살을 밥 위에 올려 줘요.

그래서 저는 생선이 좋아졌어요.
그렇게 싫던 생선 뼈도 젓가락으로 한 번 퉁겨 봐요.

#이런게#행복

113

네가 "하나둘셋" 하면 이상한 포즈 하자 그러지 않았니?…
#그게바로#우랑키의길
2017년 3월 5일

:

이치! 니! 산!

JAEWOO

"하나둘셋 하면 이상한 포즈 해요! 알았죠?"
사람들이 엄청나게 많은 이곳에서
아내가 나에게 귓속말을 했고,
사진 찍어 주는 직원 분의
"이치! 니! 산!"이라는 구령에 맞추어
타국에서 떤 추태…

YURI

신랑은 만병통치약.
배가 아플 때 안고 있으면 속이 따땃해지니 좋고요.
머리가 아플 때 뽀뽀라도 한 번 하면 좀 나아져요.

서로 빈틈없이 꽉 안고 있으면 마치 퍼즐처럼 맞아서
"우와! 역시 딱 맞춤이네!" 하고는 깔깔깔 웃지요.

114

평소에는 늘 어른스러운 아내지만 팔베개를 해 달라고 조르는
날은 분명 밖에서 안 좋은 일이 있었던 거예요. 힘내 유리야…
그나저나 턱수염 한번 길러볼까?…
잘 어울리네.

#그게바로#간달프의길
2017년 2월 27일

⋮

잠들 때까지 안아 주기

YURI

사랑스럽고 슬픈 나의 친구들.
사회에 정면으로 맞서던 나의 친구들은
오랫동안 버틴 탓에 아파서 잠깐 쉬고 있어요.
나는 유약해서 맞서는 일을 피했더니
아직도 버티고 있나 봐요.

그런 날에는 신랑 품으로 파고 들어요.
추운 날의 고양이처럼 얼굴을 파묻고 자는 척을 하죠.

망가진 몸과 마음을 누군가가 다독여 줄 수 있기를
바라면서 나 또한 내일을 위해서 잠들려고 한답니다.

JAEWOO

"무슨 일 있어?"라고 묻는 것보다
잠들 때까지 안아 주는 게 더 나을 때가 있다.

하지만 아내가 머리를 감지 않은 날은
"무슨 일 있어? 라고 물어본다…"

115

잠들기 전에 불 다 끄고 "오빠 화장실 문 닫을까요?"라고
물어보는 건, "뭐 해?… 네가 냉큼 튀어 가서 화장실 문을
닫지 않고?… 그리고 오는 길에 미지근한 물도 좀 떠 와,
얼굴 수분 날아가니까."의 줄임말이에요.

#그게바로#아내언어#유형별#풀이의길
2017년 5월 8일

:

부부 언어 유형별 풀이

YURI & JAEWOO

유리: 벚꽃놀이를 가요.
재우: 벚꽃놀이를 갈 건데…

유리: 새벽에 윤중로를 걸어요.
재우: 넌 나를 업어 주기도 하고, 사진작가도 될 거야…

유리: 당신과 둘이서 꽃비를 맞으러
재우: 나 혼자 땀이 비오듯 날 거고

유리: 사람이 없어야 찬찬히 그 시간을 즐길 수 있으니까.
재우: 사람이 없어야 찬찬히 그 시간을 즐길 수 있으니까.

유리: 보는 눈이 없어야 나에게 집중해 주니까
재우: 보는 눈이 없어야 널 혼낼 수 있으니까…

유리: 낮에 가고 싶어 같이
재우: 가기 싫으면 말고…

유리 : 아주 가끔요.
재우 : 오늘 저녁은 카레니까…

#부부언어#유형별풀이

116

퇴근길에 아내가 좋아하는 통닭을 사다 주었어요. 친구와
'까르르' 웃으며 통화를 하던 아내는 친구에게 "통닭 왔다!
이따 전화할게."라며 전화를 끊었어요.

#야#나도왔어#졸얼밉
2017년 6월 13일

:

누군가 나를 기다리는, 집

JAEWOO

누군가 나를 기다려 준다는 건…
스스로 비밀번호를 누르고 들어갈 수 있지만
초인종을 누르게 되는 것.

YURI

일상을 보내다 문득
당신이 다정하게 대해 줬던 기억,
소중히 여겨 줬던 기억,
나를 웃게 했던 기억이
시간이 지났는데도 마음속에 남아서

당신 생각만으로 나의 가슴이 가득해질 때
나는 또다시 열심히 살아갈 힘을 내요.

아무 일 없는데도 바보처럼 허공에다
피식 웃고는 다시 일하죠.
얼른 퇴근해서 보고 싶어요.

#칼퇴근의이유

117

기다려 줘서 고마워… 얼른 들어가서 자자…

#파라오
2017년 5월 18일

:

파라오

JAEWOO

미이라3

#파라오의 강황

YURI

남자친구였던 신랑은 늘 집까지 데려다주었고,
주말에는 어떻게든 시간을 내서 보러와 주었고,
내 가족들에게도 잘해 주었어요.

결혼한 지금도 물론 아껴 주지만
그때처럼은 아니에요.

예전만큼 금이야 옥이야 예뻐해 주지는 않지만
지금도 내가 그의 안에서 1번이라는 확신은 있어요.

#저는#이거면돼요

118

빵이 먹고 싶어 아내에게 '봉주르 봉봉'에 데려다
달라고 했어요. 아내는 '풉' 하고 웃으며 '장 브랑제리'에
데려다주었어요… 어쨌든 통했네요.

#세상에서#나를#가장#잘아는사람
2016년 7월 11일

⋮

봉주르 봉봉

JAEWOO

개떡같이 말해도 찰떡같이 알아듣는 게 부부…
개떡같이 말하면 개똥같이 받아치는 것도 부부…

밉게 말해도 예쁘게 들어주는 것.
예쁘게 말해도 밉게 들리는 것.

어쩌면 말하는 입이 아니라
듣는 귀가 더 중요할지도 몰라…

#사랑에있어서는

YURI

"이런 바보 같은 말을 뱉고 있는 입이 누구 입이지?"라는
생각은 수없이 하고, 평소에 하지 않는
어색한 행동을 하다가 실수를 하면서도
시작되는 사랑 앞에서는 어쩔 수가 없었어요.

#제일소중한사람인데#너무생각이많아서#실수를하게돼

119

2013년 제 카스에선 이런 일이 있었네요. 일 끝나고 집에
왔는데 아내가 응급실에 가자며 울고 있었다. 너무 놀라
감싼 손을 보니… 강력 본드가 '꾸앙~' 그래서 내가 멋지게
커터칼로 '사사삭' 해서 구해 줬더니… 자기는 결혼 참 잘
한 거 같다며 눈물을 글썽거린다. 여보… 사고 좀 그만 쳐…
그리고 응급실에선 손에 본드 붙은 사람은 안 받아 줘…
#그게바로#본드걸의길
2016년 11월 4일

:

추억 하나

JAEWOO

운전을 하다가…
길을 걷다가…
혹은, 일을 하다가…
어떤 생각 때문에 갑자기 기분이 좋아질 때가 있어요.
내 인생 최고의 선물이자 최고의 장면.
그리고 가장 소중한 추억 중의 하나…

YURI

언젠가는 누구나가 다
혼자가 될 수 있다는 것을 알기에
지금 둘인 이 시간이
더 소중합니다.

시간이 지나서 좋았던 기억만이 남아
그것이 남은 시간을 버틸 힘이 될 거라는 걸,
저는 믿어요.

#내삶에#비타민#소중한#추억한장

120

5일 만에 만난 아내가 제일 먼저 한 일…
#어디서#볼링을#치다왔나#그게바로#힐링이끝난#12파운드의길
2017년 1월 22일

:

웃음을 주는 일

JAEWOO

밖에서 힘든 일이 있을 때마다
유난히 집에 와 장난을 많이 치는 아내에게,
저의 체온을 나누어 줄 수 있어 행복합니다…

#약지와#중지#그게바로#행복플러그

YURI

누군가가 약한 모습을 보이면 실망할 때가 있습니다.
멋있는 사람인 줄 알았는데, '에이~ 아니네.' 하고
돌아서버리곤 하는데,
약한 모습을 보여도 사랑스러운 사람이 있더라고요.

그런 약한 모습 때문에
'내가 더 강해져야지.' 하고
마음먹게 하는 그런 사람이 있어요.

121

아들 체대 보낸 엄마…
#일요일#대청소
2017년 7월 23일

:

여보~ 어디세요?

JAEWOO

유리야,
우리 연예인 닮지 않았니?

#어린지성#스티븐시걸

YURI

나는야 따라쟁이.
길을 가다 건널목에서
한 여성이 사랑스러운 목소리로 "여보, 어디에요?"라고
통화를 시작하더니 오늘 있었던 일을
미주알고주알 풀어냈어요.

그 모습이 너무 귀여워서
저도 냉큼 따라서 신랑에게 전화했어요.
"여보~ 어디세요?"라고 말해 보았어요.

#처음으로#여보라고부른날

122

배가 불러 멍하니 소파에 앉아 있는데 야근하고 돌아온 아내가 저에게 뛰어와 "아 귀여워!"라며 뽀뽀를 쪽쪽 해 주고는 "킁킁 아저씨 냄새… 얼른 씻고 밥 먹자!"라고 했어요…

#야#수건#안보이니?

댓글에 어떤 분이 락스를 사용해 보라고 하네요.
내가 변기냐?…

2017년 6월 26일

⋮

소파에 앉아

JAEWOO

7개월 동안 아무 일도 없이
소파에 앉아만 있던 시간이 있다.
내 의지와는 상관없이 말 그대로
정말 일이 없어 멍하니 앉아만 있던 시간…

그때 날 진심으로 걱정해 주는 사람의
표정이 뭔지 알게 되었고,
그때 아내의 표정은 마치 사진처럼 '찰칵' 하고 찍혀
지금도 내 마음 안에 있다.

이제는 고양이 오줌이 배어
냄새가 진동하지만,
아직도 안방을 떡하니 차지하고 있는
소파를 버리지 않는 이유이다.

YURI

신랑은 제 퇴근 시간에 맞추어
집에 들어오려고 노력해요.
저보다 조금 먼저 들어와서 반겨 줘요.

어쩌면 사소한 일이지만 일하고 돌아온 저에게는
가장 큰 힘이 돼요.

절대 당연한 게 아니에요.

그 대신 퇴근한 저는 꼭
신랑에게 뽀뽀를 해 주기로 마음먹었어요.
오늘도 우리 둘 다 고생 많았어요.
이제 저녁을 먹어 볼까요?

123

떨어진 꽃을 하나 주워 귀에 꽂아 주면 너무나 좋아하는
우리 집 백구…

#누렁이랑#백구랑
2017년 4월 23일

:

나를 더 좋아하게 됐어

JAEWOO

"나 진짜 살면서 이렇게 많이 웃어 본 게 처음이에요.
내가 개그맨이랑 결혼하긴 했나 봐…"라는 말은
내 인생 그 어떤 말보다 듣기 좋은 말이었어…

YURI

날카롭던 두 눈도 마주 보면 사르르 풀어져요.
나를 보는 갈색 눈동자 속에 내가 있어요.

내 까만 눈에는 당신이 어떻게 비춰지는지 알까요?

내가 꺄르르 하고 웃으면 당신이 웃어요.
내가 웃어야 당신이 행복하다고 해요.

"니가 웃어 주면 좋아서 더하게 돼. 개그를…"
나는 당신 덕분에 오늘도 웃어요.

#당신이#웃으면#난#그걸로#됐어요

124

아일랜드에서 공부하던 아내는 학비를 벌기 위해 여행사 가이드로 아르바이트를 했다 일하던 중 아내의 의자가 형태를 알아볼 수 없을 정도로 부서지는 큰 버스 사고를 당했고, 정말 운이 좋게도 아내는 크게 다친 곳이 없었다. 그날 저녁 아내는 병원에 간 투어 리더의 방을 대신 쓰게 되었고, 그제야 공포가 밀려와 손발을 달달 떨며 밤을 꼴딱 새웠다고 한다. 나에게 한참을 이야기해 주던 아내는 "정말 무서워서 한숨도 못 잤어요. 그런데 엉뚱하게도 그 방이 너무 예뻐서 아… 내가 이런 곳에 또 올 수 있을까?… 하는 생각이 들었어요."라며 씁쓸하게 웃었다. 아내의 말을 듣자마자 지갑을 탈탈 털어 비행기 티켓을 예약했다. 그렇게 우리 부부의 첫 번째 여행은 시작되었고 이젠 7년째 서로를 지켜 주는 든든한 여행 친구가 되었다.

#내친구#조유리
2017년 9월 15일

•
•

아일랜드

YURI

신랑이 남자친구였을 때, 생일날 음식을 만들어 주려고
집에 찾아간 적이 있었어요.

휴가를 쓰고 생각보다 일찍 도착했는데, 내가 온다고
셀프 도배를 하고 있더라고요.

돌솥밥을 만들어 먹고는, 혼자 사는
남자의 방을 둘러보았어요.

한쪽 벽면을 가득 채운 영화 DVD.

그는 매일매일 영화를 보면서 혼자 있는 시간,
그 힘든 시간을 버텨 왔던 거였어요.

히어로물, 코믹 영화를 유독 좋아해서
수많은 배우가 그의 방을 채워 주고 있었죠.

그는 잘 때 TV를 켜 두고 자요.
주로 대사가 잘 들리지 않는 외국 영화로요.

'아, 빨리 결혼해야겠다.
잠 못 드는 밤이면, 내가 잠들게 해 줘야지.'

지금은 DVD를 신랑 몰래 다 팔아 버렸습니다.

괜찮아, 이젠 내가 있으니까.

#잠못드는밤에도

125

프러포즈할 때 준 꽃을 아내는 정성스럽게 잘 말려서 보관하고
있었어요. "오빠 이거 뭔지 알겠어요?"라는 아내의 물음에
보자마자 하나 주워 먹으려고 한 저 자신이 너무 창피했어요.
#미국과자인줄#그게바로#꽃먹는남자의길
2016년 11월 21일

:

서로가 버팀목이 되던 그날의 기억

JAEWOO

아내는 저와 관련된 것들은 절대 버리지 않아요.
그게 아무리 작은 것일지라도 늘 예쁜 상자에 담아
메모지에 기록하고 소중하게 간직합니다.

누군가가 나의 기억을 나와 함께 간직해 줄 때,
아주 가끔 그 추억을 함께 꺼내어 볼 때…

#그리고#기억안나는데#기억나는척#해야할때

YURI

인생 최악의 순간에,
똑같은 시기를 버티고 있는 남자를 만났어요.
뭘 해도 잘되지 않는다고 힘들어하던
그가 저를 만날 때마다
"힘든데 네 얼굴 보니까 다 풀려." 하고
힘없이 웃는데,
"사실 나도 그래요."라는 말을 못 하겠는 거예요.

그 말을 하면 그가 내 앞에서 괜찮은 척할까 봐…

#서로가버팀목이되던#그날의기억

126

7년을 하루같이 행복하게 해 줘서, 행복해 줘서 고마워.
2017년 3월 2일

:

늘 그렇듯, 네가 좋으면 나도 좋아

JAEWOO

네가 처음 내 앞에 나타난 이후로
7년 동안 단 하루도 행복하지 않은 날이 없었어…

늘 그렇듯, 네가 좋으면 나도 좋아.

#결혼#4주년#카레1460그릇

YURI

춤도 추고 노래하는 애교둥이 나의 곰은
내 앞에서는 세상 누구보다도 재미있는 개그맨이지만
지금은 개그 프로그램을 하지 않아요.

내 꿈은 당신이 개그 프로그램에 다시 서는 거예요.
지금은 좋아하는 사람들 앞에서만 개그를 보여 주지만,
한때는 전부였던 개그를
여전히 많이 사랑하는 걸 알아요.

사랑하는 우리 곰,
지난 시간 사람들에게 치여 상처를 많이 받아
더는 사람들을 좋아하지 않는 걸 알고 있어요.
아마도 그 점이 개그를 멈추고 있는 이유가 아닐까요.
언젠가는 다시 사람들과 사랑에 빠져
다시 개그를 하는 모습을 보고 싶어요.

당신이 다시 사람들을 좋아할 수 있을까.

사람들과 다시 한번 사랑에 빠질 수 있을까.

#당신의39번째생일#소원이이뤄지기를

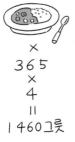

$$365 \times 4 = 1460 그릇$$

초콜릿 드실래요?

그 남자 재우,
그 여자 유리의
또 다른 이야기

#1
최악의 순간에서 마주한, 첫 만남

사람이 살다 보면 최악의 순간이 3번은 찾아온다는데,
오늘이 바로 그날인가 봅니다.
봄과 여름의 그 어정쩡한 사이에 회사를 그만두게 되고,
나이는 20대 후반.
미래가 불안하다는 이유로 사귀던 사람에게도 이별을 통보받은
이 엉망진창인 현실이 내가 못나서 그런 것 같은 어느 날…
친언니가 대학원에서 공모전을 준비하는데 인원이 부족하다며,
강제로 제 이름을 올렸습니다. 어릴 때부터 선택권은 없었습니다.
기존 멤버가 다른 공모전을 준비해서 빠지게 되었다나요.
긴급 투입되어 일주일간 밤을 새웠습니다. 저는 공모전 영상의 시나리오와
대본을 맡았는데, 훌륭한 팀원들 덕분에 공모전에서 1등을 했습니다.
상은 2010 남아프리카공화국 월드컵투어였습니다. 뒤도 돌아보지 않고 짐을
쌌습니다.
현실을 떠나면, 이 반복되는 어느 날에서 벗어날 수 있을 것 같았습니다.

서울에서 남아프리카공화국까지는 직항이 없었습니다. 홍콩에서 잠시
대기하다가 시끄럽고 화려한 무리를 보게 됩니다. 연예인 응원단이래요.
우리와 목적지가 같나 봅니다.

어디선가 본 듯한 익숙한 얼굴들이었어요.
그 속에서 까맣고 커다란 한 사람을 보았습니다.
수많은 사람 속에서 깊은 존재감을 드러내는 한 사람.
느낌은 한마디로 강렬했습니다.
'아마도 나는 저 사람과는 여행이 끝날 때까지 말 한 마디도 할 일이
없겠지.'라는 생각이 문득 들었습니다.

그런데 첫 경기인 한국 대 아르헨티나전에서 또 보게 됩니다.
신기하게도 말이죠. '단순한 우연이겠지'라고 생각하며 열심히 한국 팀을
응원했습니다. 박지성 선수도 월드 스타 메시도 신기했지만,
그를 다시 본 게 더 신기했습니다.

#2
우연이 두 번이면 필연 맞죠?

남아프리카공화국에서 모인 한국인은 27명, 각자 다른 곳에서 모였지만
버스 한 대로 다 같이 이동하게 되었습니다. 저는 혼자 앉게 되었고,
연예인 응원단 분들은 맨 뒷자리에 앉아 쉴새 없이 떠들었습니다.
두 시간쯤 지나자 그들도 잠이 들기 시작하고, 저는 배가 고파와 가방 속에서
간식을 꺼냈습니다. 소시지 한 묶음, 알 초콜릿 한 통을 건너편에 앉은 언니에게
건네다 버스 앞으로 걸어 나가는 사람의 길목을 막았습니다.
얼른 팔을 치우며 고개를 들었습니다.

아까 그 사람…
이름은 몰라도 멀리서도 잘 보이던 그 사람이 쳐다보고 있었습니다.
제가 갑자기 팔을 쑥 뻗어서 놀랐는지 놀란 눈으로 바라보더군요. 처음으로 눈을
마주친 순간이었습니다. 뚫어지게 쳐다보던 갈색 눈동자에, 나는 왜 눈을 피하지
않았는지, 그 흔한 사과 한마디도 하지 않았는지 아직도 모르겠습니다.

#3
"초콜릿 드실래요?"

바보처럼 튀어나온 한마디는 "…초콜릿 드실래요?"였습니다.
대답도 없이 손을 내민 그 사람에게 초콜릿을 다 부어주고 나서
퍼뜩 정신이 들었습니다.
나도 먹어야 하는데!! 그러나 이미 늦었습니다.
그는 초콜릿을 다 가지고 총총 뒷자리로 돌아가 버렸습니다.

그 이후 서로 모르던 버스 안의 여행자들은 친해져 매일 웃다가 턱이 얼얼해
아픈 채로 잠드는 행복한 여행을 계속하게 되었습니다.

#4

사랑할 수 있는 사람을 만나게 해 주세요

꿈 같은 여행을 마무리하고, 한국으로 돌아가는 길에 다시 홍콩에서 8시간을
대기하게 되었습니다. '이제는 또 매일매일이 같았던 그 어느 날로 돌아가야
겠구나…' 생각하니 시간이 너무 아쉬웠습니다. 그래서 가이드북에서 보았던
공항에서 가까운 커다란 대불상이 있는 포린 사원에 가기로 했습니다. 까마득히
높은 계단 위에 있는 거대한 불상, 찌는 듯한 더위에, 일주일치 짐이 담긴
캐리어, 어깨에 둘러맨 부부젤라(남아프리카공화국 전통 나팔)와 아마룰라
2병(남아프리카공화국 전통주)을 모두 짊어진 채 계단을 올라갔습니다.

'내가 왜 여기를 가자고 해서 이렇게 극기훈련을 하나…'
미안한 마음에 함께 나와 준 언니와 친구의 얼굴을 슬쩍 보았는데, 그들도
계단을 오르며 사경을 헤매고 있더라고요. 드디어 땀에 푹 절은 우리는 불상의
발가락에 도달했습니다.
그곳에서 멍하니 홍콩을 내려다보는데, 누군가가 향을 안겨 주었습니다. 기도를
하라는 건가 봐요. 대불님께 기도를 올리는 향이라 그런지 양손에 꽉 차고도
넘칠 만큼 컸습니다.

불이 타오르는 촛대에 향을 붙이고는, 현지인들처럼 앞뒤로 돌리며
기도했습니다.

아무도 사랑하지 못하고 진정한 사랑도 받지 못하는 불쌍한 내가, 초라한 어느 날로 돌아가기 전에 향 때문에 눈이 맵다는 핑계로 꺼이꺼이 울며 기도했습니다.

땀과 눈물이 범벅이 되어서, 못난이 인형 같은 얼굴로 울었습니다.
하늘 끝까지 닿은 대불 앞에서,
'다음번 사랑은 나를 사랑해 주는 사람이 아닌, 내가 사랑할 수 있는 사람을 만나게 해 주세요.'

빌고 또 빌었습니다.

#1
방귀를 뀌어도 모르고… 잠이 들었네요

예전에는 잠 못 이루는 밤이 많았습니다.
스케줄이 없는 날은 자고 싶을 때 자고, 일어나고 싶을 때 일어납니다.
나의 아내는 내가 깨어 있는 한밤중에는 조용히 눈을 감고 잠들어 있습니다.

아내가 작은 숨을 몰아쉬면 방 안에 유리의 향기가 채워집니다.
검은 방안에 동동 떠 있는 하얀 얼굴을 보면 이유도 없이 안쓰럽기도 하고
죄스럽기도 합니다.

'왜 나하고 결혼해서 이렇게 고생을 하고 있나…',
'매일 아침 일찍 나가고 늦게 들어와서 몇 시간 잠도 못 자고
이렇게 기절하듯이 내 옆에 누워 있을까.'
'이렇게 크게 방귀를 뀌는 데도 깨지를 못할까.'

한 번 잠들면 업어 가도 모르는 아내의 까만 머리도 쓱쓱 만져 보고,
볼도 한 번 잡아 보고 빛이 안 새어 나오게 이불 속에 숨어서
핸드폰을 좀 하다가 나도 잡니다.
깊은 숙면을 취합니다.

#2
그거 알아? 그땐 넌 개선장군 같았어

우연히, 아주 우연히 가게 되었습니다. 꼭 가야만 했던 장소도 아니고,
축구를 너무 좋아해서도 아닙니다. 7년 전의 남아프리카공화국은 생각도 못
했던 미지의 장소였습니다. 그냥 "아프리카에 가면 정말 표범이나 사자가
돌아다닐까?" 하는 궁금증이 있는 정도였습니다.

그런데, 6월의 남아프리카는 한겨울이었습니다. 세상에… 아프리카는 햇볕이
뜨겁고 얼룩말과 가젤이 뛰노는 그런 곳이 아니던가요…!
코가 시려서 떨어질 만큼 추웠습니다. 반바지를 입고 온 한국 여성들은 공항에서
패딩을 사 입고 목도리를 하고 난리였습니다.

그때, 남색 모자에 청바지를 입은 한 여자가 가방 안에서 핑크색 목도리를 꺼내
휙휙 두르고는 긴팔 후드를 척 꺼내 입고 나가는 게 아닙니까. 손가락이 시리지
않게 긴 소매로 손을 꽁꽁 싸매고 나가는 모습이 마치 개선장군 같았습니다.
저도 모르게 그녀를 따라간 것 같습니다.
아프리카 6월의 동장군도 물리칠 만한 걸음걸이와
반짝이는 눈동자에 시선이 자꾸 가는 건 어쩔 수
없었습니다.

#3
오늘은 그녀에게 꼭 말을 걸어야지

그런 그녀를 월드컵 경기장에서 또 만나다니요! 저는 운명 같은 걸 믿지 않지만,
그날은 운명이라고밖에는 설명할 수 없었습니다.
친구들과 신나게 응원을 하는 모습이 귀여워서, '오늘은 꼭 말을 걸어 보자.'
'축구 선수는 누구를 좋아하는지 물어볼까?' 머릿속으로 오만 생각을 다
했습니다.

경기가 끝나고 수많은 인파 속으로 그녀가 사라지고 있습니다. 저는 공을
따라가는 메시처럼 튀어 나가 바보처럼 핸드폰을 내밀었습니다. 그녀는 놀란
토끼처럼 눈이 휘둥그레져서는 저를 돌아서 피해 가더라고요…
그랬던 그녀가 지금은 내 옆에서 새근새근 잠들어 있습니다.

"나 저 여자랑 결혼할 것 같아!"라고 초등학생이나 할 만한 말을 하고,
그녀에게 잘 보이려 남아프리카공화국에서 자석을 사서 몰래 주고 온갖 다정한
척에 상냥한 오빠에 멋있는 남자로 보이려 노력했는데…

#4
유리는 행복할까요? 나는 이렇게 좋은데

가끔 한밤중에 그때 일이 떠올라 그리워지기도 합니다.
아내는 그때와 마찬가지로 아주 사랑스럽고 귀엽습니다.
피곤해서 소파에서 앉은 채로 잠이 들 때, 밥을 해 주겠다며 서툰 솜씨로 부엌을
뛰어다닐 때, 처음에 만난 날을 생각해 봅니다.
'내가 다른 건 못해도 저 여자를 행복하게 해 줘야지.'라는 생각이요.
'유리는 행복할까? 나는 이렇게 좋은데…'

아내가 행복한지 아닌지는 잘 모르겠습니다. 눈이 마주치면 방긋 웃어 주는
것도 새근새근 내 옆에서 자는 것도 나 내가 받는 행복인데, 나도 아내에게 그런
행복을 주고 있을까? 왜 나 같은 사람하고 결혼했을까? 어차피 다른 사람한테
간다고 해도 안 놔줄 거지만… 오늘도 잠든 아내를 보고 이런저런 생각을
하다가 잠이 듭니다. 따듯합니다. 좋습니다.

요즈음도 잠이 안 오면 아내 몰래 라면을 먹고, 간식을 먹으며 TV를 보다가 잠이
들지만 잠이 안 와서 괴롭거나 머리가 아픈 밤은 없습니다.
앞으로도 나의 숙제는 아내를 행복하게 해 주는 겁니다.
아내가 행복하면 내가 너무너무 행복하거든요.

네가 좋으면 나도 좋아

생일 축하해요!

가을에 태어난 나의 소중한 사람.

처음 만난 날부터, 지금까지 행복하지 않은 날이 없었어요. 한국 땅도 아닌 저 멀리 남아프리카공화국에서 신기하고 멋진 사람이 '뿅!' 하고 나타났어요. 그때 오빠는 자신감도 없고, 아무것도 아니었던 나를 특별하게 대해주고 소중하게 아껴 줬죠. 말로 다 하지는 못했지만, 그때 너무 고맙고 행복했어요. 처음에는 장난치듯 다가와서 오빠에 대한 나의 감정은 곧 사라지리라 생각했는데, 한결같은 모습에 마음이 많이 흔들렸어요.

나와는 너무나도 다른 사람이라⋯ 생각하는 것도, 살아온 길도, 공통점이라고는 단 하나도 없다고 생각해서 처음에는 많이 밀어냈어요. 나중에 상처받을 수도 있겠다는 두려움이 앞서 오빠를 많이 시험하려 했었어요. 그래서 오빠를 더 아프게 하고, 상처를 줬던 거 같아요.

오빠가 아껴 주고 잘 해 줄수록 나도 모르는 불안감이 생겨서 이런 마음을 숨기고 피하려고만 했는데, 오히려 오빠는 여러 가지 감정들을 아낌없이 나누어 주었어요. 항상 나를 우선으로 생각해 주고, 억지를 부려도 "안 돼!"라는 말 대신 들어주기 위해 노력했어요. 내가 가지지 못했던 중요한 감정들을 매일 조금씩 가르쳐 주었어요.

가장 중요한 게 무엇인지, 말이 아닌 행동으로, 의도되지 않은 진심으로 사랑해 줘서 고마워요. 늘 내가 1번이라고 말해 줘서 고마워요. 매일매일 잊지 않고 연락을 자주 해 줘서 고마워요. 영화를 보다가 여배우보다 내가 더 예쁘다고 말해 줘서 고마워요. 만나는 내내 늘 나를 위해 주말을 비워 줘서 고마워요. 무엇보다도 나를 발견해 줘서 고마워요.

오빠는, 오빠가 생각하는 것보다 훨씬 더 멋지고 사랑스러운 사람이에요. 아름답고 사랑스러운 나의 곰. 생일을 진심으로 축하합니다(책을 준비하는 동안 남편의 생일이었어요). 100번째 생일까지는 내가 꼭 챙겨 줄게요. 그날까지 함께 가요.

사실 이 책은 나의 배우자이자, 베스트 프렌드, 사랑하는 당신의 관찰일지이자 다시 한번 쓰는 프러포즈 편지예요. 당신의 모든 것을 아낌없이 주었듯이 내 남은 날 전부를 드릴게요.

앞으로도 나를 계속 아껴 주세요.
나를 계속 사랑해 주세요.

재우

처음 남아프리카공화국 여행을 떠날 때는 이렇게 사랑에 빠질 줄 몰랐습니다. 한국도 아닌 지구를 반 바퀴나 돌아 월드컵 열기가 뜨거운 아프리카에서 내가 기다리던 누군가를 만나게 될 줄이야…

버스 안에서 처음으로 눈을 마주쳤을 때, 함께 갔던 친구들에게 "나 저 여자랑 결혼할 것 같아."라고 얘기했더니, 다들 미친놈 보듯 했지만 마음속에 확신이 있었습니다. 그 확신이 현실이 된 지금, 저는 너무 행복한 남자입니다.

2015년 4월 5일 저는 처음으로 인스타그램을 시작했습니다. 많은 동료가 추천해 줘서, 나라는 사람을 솔직하게 보여드리자는 생각에 하루하루의 일상과 삶에 대해 써 내려 갔습니다. 그런 저의 작은 일기장이 과분하게도 너무나 큰 사랑을 받게 되었습니다.

여러분 덕분에 분에 넘치는 행복한 일이 많이 일어났습니다. 늘 제가 지나가면 무섭다고 말하던 분들이 먼저 미소를 띠고 "안녕하세요!"라고 인사해 주시는 것이 얼마나 기뻤는지 아무도 모를 겁니다.

어릴 적 저의 꿈은 정의의 용사였습니다. 제가 하는 행동이 옳다고 믿으며 가족들에게 부끄러운 사람이 되지 말자고 생각하며 살아왔습니다. 저의 꿈과는 반대로 큰 덩치와 강한 인상 때문에 용사보다는 악당에 가까운 얼굴을 하고 있었는지도 모르겠습니다.

마음 한 켠에 늘 상황이 조금 더 좋아지면 '더 멋진 일을 해야지, 사람을 도와야지.' 하고 생각만 했는데 나의 짝꿍을 만나고, 좋은 팔로워 분들을 만나서 실천할 기회를 갖게 되었습니다. 멋진 용사처럼 위기에 순간에 '짠!' 하고 나타나 그들을 구할 수는 없지만, 이 글들을 통해 작은 아이들의 아픔이 나아지도록 도울 수는 있게 되었습니다.

　　이 책은 어린 날의 저의 꿈을 실현시켜 주는 길이기도 합니다. 어른이 된 저는 용사가 되지는 못 했지만, 대신 좋은 남편, 좋은 사람은 될 수 있다고 생각합니다. 점 하나만 찍혀 있어도 구입하겠다고 말씀해 주신 분들이 계셔서 더 힘을 내어 글을 쓸 수 있었습니다. '똥'이라고만 써 놓아도 사겠다던 패기 넘치는 분들도 있었습니다.^^

　　저는 어려운 글, 이해하기 난해한 퀴즈 같은 글보다는 투박하고 촌스러운 저라는 사람 같은 글을 쓰고 싶었습니다. 아내가 좋아하는 곰처럼 묵직하고, 조금은 느리지만 진실성 있는 생각을 담은 제 삶의 글을 알아봐 주시고, 사랑해 주신 많은 팔로워께 진심으로 감사드립니다. 늘 저를 믿고 응원해 주는 가족들, 그리고 사랑받을 자격이 충분한 여러분들을 위해서 우리 부부는 둘이서 한마음으로 이야기합니다.

"늘 그렇듯 , 네가 좋으면 나도 좋아"

#그게바로#부부의길

저희 이야기, 어떠셨나요? 혹시 읽고 나니 출출하지는 않으세요?

그럼 이제, 사랑하는 사람을 강황빛으로 물들여 보실래요?

신랑이 처음으로 '너무 맛있다'고 말한 요리, 유리표 창작 카레 레시피를 소개합니다.

(모든 레시피는 4인 기준이에요.)

재우 사랑 카레

맛있는 카레 재료

감자 3개, 당근 1개, 양파 1개,
큐브카레 3조각, 큐브스튜 1조각,
물 250ml, 월계수잎, 우유 1/2컵
*기호에 맞게 옥수수 , 소시지, 칵테일새우, 캐슈넛

맛있게 만들어 볼까요

1. 감자, 당근 양파를 깍둑썰기 한다.

2. 큐브카레 3조각과 큐브스튜 1조각을 뜨거운 물에 녹인다.

3. 감자와 당근을 올리브유에 볶다가 양파를 넣고 익으면 ②를 넣고 끓인다.

4. 월계수잎을 넣고 옥수수, 캐슈넛 등을 넣고 끓인다.

5. "여보, 당신이 좋아하는 카레예요."라고 말하고 예쁜 그릇에 담아낸다.

남미 친구의 히든 레시피,
과카몰리

맛있는 과카몰리 재료

아보카도 3개, 양파 1개, 토마토 2개,
고수(기호에 맞게), 라임즙 1작은술, 청양고추
1/2개, 소금 1/2작은술, 후추 약간, 칠리소스
6방울, 나초

맛있게 만들어 볼까요

1. 아보카도와 양파를 믹서에 갈아, 으깬 토마토와 잘 섞는다.

2. ①에 라임즙 1큰술, 소금 1/2작은술, 후추 약간, 칠리소스 6방울을 넣는다.

3. 청양고추를 잘게 썰어 넣고, 고수는 취향에 따라 넣는다.

4. 잘 섞어서 "여보, 이것도 드셔 보세요."라며 나초에 찍어서 준다.

카레의 단짝,
오이 수프

맛있는 오이 수프 재료

취청오이(껍질 포함) 1½개, 양파 1/2개,
닭 육수 250ml, 생크림 120ml, 타바스코 소스
3방울(1/2작은술), 소금·후추 약간

맛있게 만들어 볼까요

1. 오이는 소금으로 깨끗이 문질러 씻어서 반을 갈라 속을 판 후 작게 썬다.

2. 양파는 다진다.

3. 팬에 올리브유 두르고 다진 양파를 살짝 볶은 후, 오이를 넣고 2분 정도 볶는다.

3. ②에 닭 육수를 넣고 오이가 익으면 생크림을 넣는다.

4. 살짝 끓인 후 소금, 후추, 타바스코 소스를 넣는다. *소스의 양은 취향에 따라 조절

5. 식힌 후 믹서에 갈아 냉장고에 넣고 차가워지면 카레와 함께 담아 낸다.